AF186386

Tucholsky   Wagner   Zola   Scott
Turgenev   Wallace   Fonatne Sydow   Freud   Schlegel
      Twain   Walther von der Vogelweide   Fouqué   Friedrich II. von Preußen
             Weber   Freiligrath
Fechner   Weiße Rose   von Fallersleben   Kant   Frey
        Fichte   Ernst   Frommel
             Engels   Fielding   Richthofen
Fehrs   Eichendorff   Tacitus   Dumas
        Faber   Flaubert
        Maximilian I. von Habsburg   Fock   Eliasberg   Ebner Eschenbach
Feuerbach   Eliot   Zweig
             Ewald   Vergil
        Goethe   Elisabeth von Österreich   London
Mendelssohn   Balzac   Shakespeare
        Lichtenberg   Rathenau   Dostojewski   Ganghofer
   Trackl   Stevenson   Doyle   Gjellerup
Mommsen   Tolstoi   Lenz   Hambruch
        Thoma   Hanrieder   Droste-Hülshoff
Dach   Verne   von Arnim   Hägele
        Reuter   Hauff   Humboldt
   Karrillon   Garschin   Rousseau   Hagen   Hauptmann   Gautier
        Damaschke   Defoe   Baudelaire
             Descartes   Hebbel
Wolfram von Eschenbach   Hegel   Kussmaul   Herder
   Bronner   Darwin   Melville   Schopenhauer   Rilke   George
        Campe   Horváth   Aristoteles   Grimm Jerome   Bebel   Proust
Bismarck   Vigny   Barlach   Voltaire   Federer
        Gengenbach   Heine   Herodot
Storm   Casanova   Tersteegen   Grillparzer   Georgy
        Chamberlain   Lessing   Langbein   Gilm
Brentano   Gryphius
Strachwitz   Claudius   Schiller   Lafontaine
        Katharina II. von Rußland   Bellamy   Schilling   Kralik   Iffland   Sokrates
             Gerstäcker   Raabe   Gibbon   Tschechow
Löns   Hesse   Hoffmann   Gogol   Wilde   Vulpius
Luther   Heym   Hofmannsthal   Klee   Hölty   Morgenstern   Gleim
   Roth   Heyse   Klopstock   Goedicke
Luxemburg   Puschkin   Homer   Kleist
        La Roche   Mörike   Musil
   Machiavelli   Kierkegaard   Kraft   Kraus
Navarra   Aurel   Musset   Horaz
Nestroy   Marie de France   Lamprecht   Kind   Kirchhoff   Hugo   Moltke
   Nietzsche   Nansen   Laotse   Ipsen   Liebknecht
        Marx   Lassalle   Gorki   Klett   Ringelnatz
von Ossietzky   May   Leibniz
Petalozzi   vom Stein   Lawrence   Irving
   Platon   Pückler   Michelangelo   Knigge
Sachs   Poe   Kock   Kafka
   de Sade   Praetorius   Mistral   Liebermann   Korolenko
                  Zetkin

Der Verlag tradition aus Hamburg veröffentlicht in der Reihe **TREDITION CLASSICS** Werke aus mehr als zwei Jahrtausenden. Diese waren zu einem Großteil vergriffen oder nur noch antiquarisch erhältlich.

Symbolfigur für **TREDITION CLASSICS** ist Johannes Gutenberg (1400 — 1468), der Erfinder des Buchdrucks mit Metalllettern und der Druckerpresse.

Mit der Buchreihe **TREDITION CLASSICS** verfolgt tradition das Ziel, tausende Klassiker der Weltliteratur verschiedener Sprachen wieder als gedruckte Bücher aufzulegen – und das weltweit!

Die Buchreihe dient zur Bewahrung der Literatur und Förderung der Kultur. Sie trägt so dazu bei, dass viele tausend Werke nicht in Vergessenheit geraten.

Die Dorfcoquette

Friedrich Spielhagen

Impressum

Autor: Friedrich Spielhagen
Umschlagkonzept: toepferschumann, Berlin

Verlag: tradition GmbH, Hamburg
ISBN: 978-3-8424-1364-1
Printed in Germany

Text der Originalausgabe

Friedrich Spielhagen

Die Dorfcoquette

Die
Dorfcoquette.

Von

Friedrich Spielhagen.

Illustriert von Heinrich Hübner.

Stuttgart
Verlag von Carl Krabbe.

DIE DORFCOQUETTE

Es war nach dem Abendbrod. Vier von der Jagdgesellschaft, Gutsbesitzer und Gutsbesitzerssöhne aus der Nachbarschaft, waren weggefahren. Der lange Lieutenant von Prinzhelm, der die frische Landluft der dumpfen Atmosphäre seiner Garnison so entschieden vorzog, hatte sich – nicht zum ersten Mal – die so freundlich angebotene Gastfreundschaft gern gefallen lassen, um so mehr, als sein Urlaub erst übermorgen früh zu Ende und morgen ein paar Kaninchenbaue frettirt werden sollten. Dann war noch ein junger Herr zurückgeblieben; das Gut seines Vaters grenzte an die diesseitigen Felder, und er pflegte deshalb die Stunde seines Aufbruchs möglichst hinauszuschieben, besonders wenn es ihm, was auffallenderweise fast jedesmal geschah, gelungen war, im Salon einen Platz neben der jüngeren der beiden Töchter vom Hause zu erobern. Diese und außerdem Otto, dessen gutes Gesicht um diese Zeit des Tages einen weltvergessenen, traumseligen Ausdruck anzunehmen pflegte, und die ältere verheirathete Tochter plauderten an dem runden Tisch in der Mitte des Zimmers. In einiger Entfernung am Kamin, in welchem mehr der Behaglichkeit als der Wärme wegen die Buchenkohlen glühten, saß in ihrem Fauteuil, das Gesicht dem Feuer zugewandt, die Frau vom Hause. Ich ging in dem großen teppichbelegten Gemache auf und ab, und blickte bald nach der scherzenden und lachenden Gesellschaft, die um den Tisch versammelt war, bald nach den dunkeln Bildern an den Wänden, den Ahnherren und Ahnfrauen der Familie, die mit ihren Geisteraugen in dasselbe Gemach schauten, wo sie als Kinder gespielt hatten und ihre Kinder hatten spielen sehen. Endlich trat ich zu der Dame am Kamin und fragte, mich an ihrer Seite niederlassend: Ich störe Sie nicht in Ihren Meditationen?

Nicht im mindesten, antwortete die Dame, oder vielmehr, wenn Sie mich stören, thun Sie es in der angenehmsten Weise. Meine Gedanken waren nicht heiter.

Woran dachten Sie?

Ihr werdet nun in wenigen Tagen uns wieder verlassen, erwiderte die Dame. Ihre Stimme zitterte; ich küßte schweigend ihre Hand, die sie zärtlich drückte.

Ich weiß, was Sie sagen wollen, fuhr sie fort; der alte Spruch, der so viel Millionen schweren Herzen schon gepredigt ist und noch gepredigt werden wird: es muß ja sein! Wohl! es muß sein, und so wollen wir nicht weiter darüber reden. Werden Sie in diesem Winter fleißig arbeiten? Haben Sie auf Ihrer Reise viel neuen Stoff gesammelt? Von Ihrem Aufenthalte hier erwarte ich nichts. Sie sind glücklicherweise kein Dorfgeschichtenschreiber.

Und wenn ich nun doch unter die Fahne ginge?

Thun Sie es nicht! es kommt nicht viel, wenigstens nicht viel Gutes dabei heraus.

Meinen Sie?

Ich bin dessen gewiß, und jeder, der, wie ich, seit fünfundzwanzig Jahren auf dem Lande gelebt hat, wird es sein. Was diese Herren den Geist der Leute heißen, die sie zu schildern unternehmen, das ist im Grunde auch nur der Herren eigener Geist.

Aber das ist schließlich die Formel für alle und jede Kunst und Poesie. Die Poesie ist nichts anderes und kann auch nichts anderes sein als ein Bild der Welt im Spiegel der Dichterseele.

Ich will mit Ihnen nicht streiten; Sie müssen das besser wissen, es ist Ihr Metier; aber ich bleibe mit Ihrer Erlaubniß nichtsdestoweniger bei meinem Verdict. Eure Dorf- und Bauerngeschichten mögen allen gefallen, nur nicht denen, die auf dem Dorfe zwischen Bauern leben. Ach, glauben Sie, lieber Freund: das Leben auf dem Lande wäre das Paradies auf Erden, wenn die fortwährende Berührung mit den Leuten nicht wäre, an die wir, wie ich es gethan habe, mit der größten Liebe herantreten, um für unsere guten Absichten, für unsere Mühen und Sorgen schließlich verlacht, verspottet und verhöhnt, wenn nicht gar gehaßt zu werden. Und wie könnte es auch anders sein? Wir sind von diesen Menschen durch eine Welt getrennt: die Welt der Bildung, die jenen Aermsten verschlossen ist. So verstehen sie uns nicht, ja, was noch schlimmer ist, wir mit all unserer Bildung verstehen sie kaum besser. Sie wollen nicht verstanden sein. Sie haben ihre eigenen Gedanken, ihre eigenen Gefühle, wie sie ihre eigene Sprache haben. Und je mehr wir uns bemühen, diese Sprache zu lernen und in dieser Sprache mit ihnen zu sprechen, je mißtrauischer werden sie. Wir sind ihnen die Herren, die Gebieter: wir haben keine andere Absicht als sie auszubeuten; unsere Freundlichkeit ist nur Schein, unser guter Rath eine Falle, unsere werkthätige Hilfe nur eine Kette, mit der wir sie an uns zu fesseln versuchen. Fern sei es von mir, die armen Leute dafür verantwortlich zu machen. Ich weiß, was sie zumeist auf diese tiefe Stufe herabgedrückt, was der brutale Hochmuth der Herren und Ritter durch die Jahrhunderte hindurch an ihnen gesündigt hat. Aber eben weil dieses Elend das Produkt jahrhundertelanger Knechtung ist und das traurige Erbe so vieler Generationen, steht der Einzelne ihm machtlos gegenüber, kann der Einzelne den Fluch des Proletariats, der auf den Aermsten liegt, nicht bannen. Und glaubcn Sie mir, dieser Fluch drückt auf dem Lande viel schwerer als in den Städten. Dort ist doch eine Möglichkeit ihm zu entrinnen, hier kaum. Dort kann mit vereinten Kräften geholfen werden, hier sind Sie auf sich angewiesen, und Sie sind ein Tropfen im Meer. Und nun kämpfen Sie einmal, wie ich, ein Vierteljahrhundert hindurch diesen hoffnungslosen Kampf mit dem Unverstand, der Dummheit, der Rohheit; und Sie werden für den, der verlangt, daß man an Euren geschminkten Dorfgeschichten Geschmack finde, nur noch ein mitleidiges Lächeln haben. Darum wiederhole ich, schreiben Sie alles, aber schreiben Sie keine Dorfgeschichten, oder wenn Sie welche geschrieben haben, verlangen Sie nicht von mir, daß ich sie lese.

Ein gütiges Lächeln umspielte die seinen blassen Lippen der Dame, wahrend sie also sprach, und machte mir Muth, die Verteidigung der so hart gescholtenen bukolischen Dichter zu wagen. Ich sprach von der Berechtigung, ja der Pflicht des epischen Dichters, die ganze Welt und also auch die der Bauern in den Kreis seiner Betrachtung zu ziehen; ich gab die Schwierigkeit der Aufgabe zu, aber bestritt auf das Lebhafteste die Unmöglichkeit einer befriedigenden Lösung, Ja, ich behauptete, daß die Aufgabe – und ich nannte hier klangvolle Namen einheimischer und ausländischer Dichter – bereits oft genug auf das schönste gelöst sei. Ich deutete zuletzt an, daß die verehrte Frau, als Gutsherrin, gewissermaßen Partei in der Sache und also kaum in der Lage sei, hier die erste Bedingung aller Kunstbetrachtung zu erfüllen, das heißt: ganz unbefangen, ganz frei von allen Vorurtheilen, an das Kunstwerk heranzutreten und es so auf sich wirken zu lassen – umsonst: sie schüttelte lächelnd das Haupt und sagte:

Alles schön und gut, mein Lieber, aber mich überzeugen Sie nicht; mögen Sie mich deshalb immerhin eine Barbarin schelten. Dieser Stoff ist Euch wahrlich zu spröde. So wie er in Wirklichkeit sich findet, könnt Ihr ihn nicht verarbeiten; und durch den Zusatz von Sentiment, den Ihr ihm gebt, macht Ihr eben etwas daraus, das mit der Wirklichkeit nur noch den Namen gemein hat. Bedenken Sie nur das eine: diese Menschen sind stumm, sind gerade dann stumm, wenn sie für Eure Zwecke am meisten sprechen müßten, und wo Ihr sie – Gott sei es geklagt! – am meisten sprechen laßt. Mein Gott! ich lebe doch nun so lange auf dem Lande und weiß so ziemlich Alles, was hier bei uns und in der Nachbarschaft zwei Meilen in der Runde geschehen ist und sich zugetragen hat, aber eine Dorfgeschichte in Eurem Stil habe ich noch nicht erlebt.

Nicht in unserm Stil, sagte ich lachend; nun, ich gebe gern den Stil preis, wenn ich nur die Geschichte rette. Und die haben Sie erlebt, nicht eine, nein! hunderte. Das Leben von Hunderten dieser Leute hat sich vor Ihnen abgespielt, in die Schicksale von Hunderten hat Ihr klares Auge geschaut; an den Leiden und Freuden von Hunderten hat Ihr mitfühlendes Herz teilgenommen.

Nun ja, erwiderte die verehrte Frau: wie könnte ich das in Abrede stellen! Aber weil wir uns für die Leute interessiren und sie uns also in gewissem Sinne interessant sind, brauchen sie es deshalb nicht auch für Andere zu sein, die wir nicht zwingen können mit unsern Augen zu sehen, die mit unsern Augen nicht sehen wollen. Ich wüßte mich, so viel ich auch nachsinne, nur eines Falles zu erinnern, in welchem ein paar Menschen vorkommen, die man allenfalls zu Helden einer Dorfgeschichte in Eurem Stil machen könnte, und welcher doch gerade wieder für mich spricht. Wollen Sie die Geschichte hören? Sie ist nicht allzulang, und ich sehe, man amüsirt sich dort ganz gut ohne uns. Wollen Sie?

Können Sie fragen?

So hören Sie!

Die Dame schlug die Falten ihres seidenen Kleides nieder, mir so die Erlaubniß gebend, noch näher zu rücken. Ich that es, und sie begann mit sanfter melodischer Stimme:

Es war nicht lange nach meiner Verheirathung, und ich promenirte mit meinem Gatten in der Kastanienallee hinter dem Teichgarten. Er war den ganzen Morgen auf dem Felde gewesen, die drückende Hitze des Augusttages lag noch auf seiner perlenden Stirn, auf seinen glühenden Wangen, aber sein Auge blickte freudig, wie Jemandes, der rechtschaffen gearbeitet hat; ich war stolz auf ihn und durfte es sein. Wir plauderten, während wir Arm in Arm langsam in dem labenden Schatten der breitkronigen Bäume dahinschritten, wie junge Eheleute zu plaudern pflegen: von unseren Plänen, unseren Hoffnungen, wir bauten spanische Schlösser in die funkelnde Sommerlust, als ich unser Gespräch plötzlich mit dem Ausruf: »Die armen Kinder!« unterbrach. »Was hast du?« fragte mein Gatte. Ich deutete mit der Hand nach einem Felde in unserer Nähe, auf welchem eine lange Reihe von Kindern mit Mohnbrechen beschäftigt war. Der Anblick war mir damals neu, und mich jammerte der armen Kleinen, wie sie sich, eines neben dem andern, durch das harte stachlige Mohnstroh arbeiteten, von dem manche Halme höher waren als sie selbst, und wie sie mit ihren Händchen unermüdlich die Köpfe abbrachen und die Säckchen, die sie trugen, damit füllten, während die glühende Sommersonne ihnen mitleidlos die unbedeckten Köpfe versengte. »Die armen, armen Kinder,« wiederholte ich seufzend. Mein Glückstraum war zerronnen; ich schämte mich eines Glückes, das Kindern ihre Spiele raubte und sie in eine so grausame Frohn zwang. Das ist nun nicht anders, sagte mein Gatte und zuckte die Achseln. Gethan muß die Arbeit werden, und die Erwachsenen haben anderweitig alle Hände voll, und dabei besseren Verdienst. Ein paar Groschen bringt es immer in die Wirtschaft, das ist keine Kleinigkeit für die armen Leute. Und überdies: die Kinder da sind keine Stubenpflänzchen; solange sie auf ihren Beinen laufen und noch früher – in der Kiepe auf dem Rücken der Mutter, in dem Wägelchen, das die Eltern mit aufs Feld genommen – hat ihnen die Sommersonne auf die harten kleinen Schädel gebrannt; sie sind es gewohnt. Ich versichere dich, daß sie sich gar nicht so unglücklich fühlen. Im Gegentheil, sie schwatzen und lachen und singen den ganzen Tag.

Als sollten die Worte meines Gatten sofort Bestätigung erhalten, fingen die Kleinen in diesem Augenblicke an zu singen: eines sang vor, und die andern fielen bei einer bestimmten Stelle unisono ein. Das klang allerliebst, es paßte für den Ort und die Stunde, als ob die heiße Luft, die über dem Felde zitterte, zu klingen und zu singen begonnen hätte. Besonders war die Stimme der kleinen Vorsängerin von einer merkwürdigen Kraft und Ausdauer. Sie schmetterte die Töne nur so heraus, und im Chor, den sie jedesmal mitsang, hörte man sie noch ganz deutlich, daß, wenn sie ihr Solo wieder aufnahm, es war, als habe sie immer allein gesungen.

Wer ist das Kind? fragte ich.

Bertha! rief mein Gatte mit starker Stimme, Bertha!

Der Gesang verstummte alsbald, alle die kleinen Gesichter waren plötzlich uns zugewandt. Bertha! rief mein Gatte noch einmal.

Eine Gestalt löste sich von der Gruppe los und kam über die Wiese, welche noch zwischen der Allee und dem Mohnfelde lag; während des Gehens bückte sie sich ein paar Mal ganz schnell, und als sie vor uns erschien, hatte sie in den braunen Händchen ein paar einfache Blumen, die sie mir mit einem Knix überreichte.

Bertha war damals vielleicht zwölf Jahre alt; ich hatte selten ein so schönes Kind gesehen; und diese strahlenäugige, lockenumflatterte, sonnverbrannte Schönheit, die so glorreich durch die Lumpen, mit denen sie kaum bedeckt war, schimmerte, dazu die schelmische Anmuth, mit der sie mir den Strauß gereicht hatte, die plötzliche Verlegenheit, in welcher sie jetzt vor mir stand – das Alles rührte mich so, daß ich in Thränen ausbrach, das holde Geschöpf in die Arme schloß und leidenschaftlich küßte.

Aber liebes Kind! sagte mein Gatte.

Ich ließ die Kleine aus meinen Armen; sie sah ein wenig verwirrt aus, faßte sich aber sehr schnell wieder und sprang auf ein Wort meines Gatten zu den andern zurück.

Aber liebes Kind! wiederholte er, als wir allein waren.

Verzeih mir, erwiderte ich, aber ich konnte nicht anders. Wem gehört die Kleine?

Dem schlechtesten Kerl und dem schlechtesten Weib, die wir im Dorfe haben, erwiderte er.

Wir müssen für sie sorgen, sagte ich.

Das war meine erste Bekanntschaft mit Bertha, und ich habe das Versprechen, das ich mir an jenem Morgen gegeben, treulich zu halten gesucht. Noch an demselben Tage ließ ich mich von meinem Gatten nach der Hütte ihrer Eltern bringen, so sehr er sich auch gegen meine »romantischen Grillen«, wie er es nannte, sträubte und behauptete, daß »dergleichen nicht für mich« sei. Es war in der That kein lieblicher Anblick, jene Hütte in ihrer Zerfallenheit und in ihrem Schmutz, aber schlimmer waren die Menschen, die sie bewohnten: ein gänzlich verkommener Mann, dem die Trunksucht aus jedem Zuge seines verwüsteten Gesichtes sprach, und ein schlottriges Weib, das abwechselnd keifte und heulte und ihr schlimmes Loos beklagte, an welchem sie, wie ich bereits von meinem Gatten wußte, zum größten Theil selbst schuld war. Der Mann war seinerzeit ein guter Musikant gewesen, als erste Geige auf allen Lustbarkeiten weit und breit in der Runde hochgepriesen. Sie hatte ihn geheirathet, weil er viel Geld verdiente, und hatte dem armen schwachen Menschen das Haus zu einer Hölle gemacht, daß er bald nicht einmal mehr versuchte, seiner verhängnißvollen Neigung zu widerstehen und schnell auf die Stufe sank, von der sich ein solcher Unglücklicher nie wieder erhebt. Von diesen Eltern war das Kind geboren, in dieser Umgebung der Noth, des Lasters war es aufgewachsen – es würde ein Wunder gewesen sein, wenn es seine Paria-Abkunft gänzlich hätte verleugnen können. Und in der That überzeugte ich mich bald, daß an dieser reizenden Blüthe der Wurm nagte. Ich hatte reichlich Gelegenheit, sie zu beobachten, da ich sie von Stund an beinahe jeden Tag auf den Hof kommen ließ, wo ich sie beschäftigte, wie es eben ging: im Garten, in der Nähstube, mich auch oft selbst mit ihr abmühte, sie in meiner Gegenwart lesen und schreiben ließ, und was man denn sonst für ein Kind thut, an welchem man Antheil nimmt und aus dem man gern ein ordentliches Mädchen machen möchte. Ach, es war eine schwere Aufgabe, und ich war oft genug daran, eine Arbeit aufzugeben, bei welcher der folgende Tag immer wieder verdarb, was der vorhergehende vielleicht gut gemacht hatte.

Dazu kam, daß es dem Kinde, welches von der launischen Natur mit dem verhängnißvollen Geschenk der Schönheit und Anmuth so reich ausgestattet war, entschieden an eigentlich geistiger Begabung fehlte. Sie lernte nur mit großer Mühe, was man sie lehrte, das Meiste noch dazu, um es alsbald wieder zu vergessen, weniges, um es zu behalten; nur ihr Talent für Musik war ganz entschieden. Sie war eben das Kind ihres armen talentvollen Vaters, und sie war es auch in jeder Hinsicht. Ihr Leichtsinn war grenzenlos; Aufrichtigkeit, Dankbarkeit, Selbstachtung – das Alles war für sie ein leerer Schall. Ich fragte mich manchmal, ob dieses Kind eine Seele habe, eine Menschenseele, der zwischen gut und böse die bange Wahl wurde, oder ob sie nicht eine jener märchenhaften Nixen sei, die dahinleben, wie das Element, dem sie entstiegen, das sinnlose Element, welches nicht darnach fragt, ob es schaffe oder zerstöre. Sie konnte zärtlich sein, wie ein Vögelchen, das sich zutraulich an dich schmiegt, und grausam, wie eine Katze, die mit dem Opfer spielt, welches sie im nächsten Augenblicke zerreißen wird. Der Zug aber, der am meisten hervorstach und in diesem leichtlebigen, flatterhaften Geschöpf das einzig unveränderliche schien, war ihre Sucht zu gefallen. Als ob sie von einem Dämon besessen sei, der sie über die Macht ihrer sich täglich mehr entfaltenden Reize auf das gewissenhafteste unterrichtete und sie lehrte, wie man diese Reize anzuwenden und wie man die Menschen in ihren Schwächen zu fassen habe, so wußte sie zu schmeicheln, zu schmollen, zu lächeln, zu weinen, die Aufmerksamkeit zu erregen, zu fesseln mit einer Virtuosität, die in ihrer Art geradezu genial war. Da war Niemand, an dem sie ihre Künste nicht probirte, und kaum Einer, der sich nicht hätte fangen lassen. Selbst mein klarer, vorsichtiger, ruhiger Gatte, der mir immer wiederholte, daß man nicht Feigen pflücken könne von den Disteln, und mir über meine Erziehungsresultate ironische Complimente machte, beobachtete doch im stillen das schöne Kind sehr genau und nahm den aufrichtigsten Antheil an ihrem Wohlergehen. Daß sämmtliche Volontärs in sie verliebt waren, versteht sich von selbst. Wir hatten damals immer zwei oder drei dieser Herren, die sich in die Schule des renommirten Landwirthes drängten, manche aus vornehmen Familien, alle guter Eltern Kind. Es war scherzhaft genug, die jungen ungeleckten Bären um das hübsche Aeffchen ihre grotesken Tänze tanzen zu sehen; einige fühlten sich auch poetisch begeistert und schrieben bogenlange Gedichte, die sie mir vorlesen mußten, wie ich denn stets das Glück hatte, die mütterliche Vertraute unserer Zöglinge zu sein, und, indem ich die Fäden der Komödie immer in der Hand behielt, sicher war und sicher sein durfte, daß keines von den Püppchen zu Schaden kam.

Etwas ernstlicher war ein Zwischenfall, der sich ein paar Jahre später ereignete, als Bertha vielleicht fünfzehn Jahre und bereits eingesegnet war. Um diese Zeit hielt sich hier ein Predigeramtscandidat auf, zur Aushilfe unseres damaligen hochbetagten, kränklichen Pfarrers. Es war ein stiller, bescheidener, junger Mann, etwas beschränkt, in engen, drückenden Verhältnissen aufgewachsen, von stark pietistischer Färbung, im übrigen aber gut und brav, und, was ihn für mich besonders oder vielmehr einzig interessant machte: ein ausgezeichneter Klavierspieler. Ich musicirte oft mit ihm, und da er mir in der Technik weit überlegen, auch theoretisch vollkommen durchgebildet war, so hatte ich ihn gebeten, sich auch Bertha's auzunehmen, deren vorzügliche musikalische Begabung die wärmste Förderung verdiente. Sonderbarerweise machte der Candidat, der sonst die Gefälligkeit und Dienstwilligkeit selbst war, Schwierigkeiten; er sei ein schlechter Lehrer, in der Musik sei der erste Unterricht entscheidend; Bertha werde später alles wieder verlernen und umlernen müssen, und was dergleichen mehr war.

Ich hielt es für nichts anderes als den Ausfluß seiner übergroßen Bescheidenheit, ich drang in ihn; er kreuzte endlich die Arme über der Brust, verbeugte sich tief und sagte, daß mein Wunsch für ihn Befehl sei. Ich ließ das gelten. Die Stunden nahmen ihren Anfang, und ich hatte nichts dagegen, daß der Lehrer sehr methodisch, sehr streng war, auch nicht den kleinsten Fehler durchgehen ließ, der Flatterhaftigkeit seiner Schülerin auch nicht den mindesten Vorschub leistete. Ich sehe sie noch an dem alten Clavier in der grünen Stube sitzen, er zwei Schritte vom Instrument entfernt, mit gefalteten Händen, zusammengepreßten Knieen, die bebrillten Augen starr auf die Finger der Kleinen geheftet, während sie bald sich Mühe gab, bald absichtlich Fehler machte; jetzt sich mit dem anmuthigsten Lächeln umwandte und fragte: ob es so recht sei? jetzt, wenn sie sah, daß sich auch keine Miene in dem Gesicht des gestrengen Herrn Lehrers regte, das Köpfchen wieder über die Tasten beugte und heimliche Thränen des Zornes und der gekränkten Eitelkeit weinte.

So ging es ein paar Wochen; ich bekümmerte mich wenig um das wunderliche Paar, ich hatte in der Kinderstube genug zu thun; auch sonst fehlte es mir an Beschäftigung nicht: die Herrin eines so großen Hauswesens hat gar Manches zu sorgen, zu denken, zu schaffen. Da ließ mich der Candidat eines Morgens um eine Unterredung bitten. Er trat ein; ich brauchte nur einen Blick auf ihn zu werfen, um zu wissen, daß etwas Besonderes mit ihm vorgegangen sein mußte. Er nahm auf dem Rande eines Stuhles vor mir Platz, drehte seinen breitkrämpigen Hut in hoffnungsloser Verzweiflung, seine stockende Zunge zu bemeistern, hob die thränenden Augen über den Rand seiner Brillengläser zur Zimmerdecke, und endlich kam es denn heraus. Er habe sich umsonst gesträubt, er habe umsonst gebetet, daß der Herr ihn nicht möge in Versuchung führen; wie willig auch sein Geist sein möge, sein Fleisch sei schwach; er müsse das Gut, das ich seinen Händen anvertraut, zurückgeben, da er nicht länger im Stande sei, es treu zu bewahren. Dabei liefen dem armen Menschen die heißen Thränen über die mageren Wangen, er zitterte wie ein Blatt im Herbsteswind, ich wußte nicht, ob ich mit weinen, ob ich lachen sollte. Vergebens, daß ich ihm vernünftig zusprach, er wollte oder konnte keine Vernunft annehmen; es gebe für ihn nur eine Rettung aus den Banden sündiger Liebe, wie er es nannte, das sei schleunige Flucht. Der Herr habe sich seiner erbarmt und ihm eine Zufluchtsstätte geboten aus dieser Welt Wirren; seit drei Tagen bereits trage er die Vocation zu einer kleinen Pfarramtsstelle ein paar Meilen von uns in der Tasche; drei Tage habe er mit dem Versucher gerungen, jetzt habe er sein trotziges Herz gebändigt; er komme mir Lebewohl zu sagen.

Der arme Mensch! er that mir von Herzen leid; wie confus es auch in seinem Kopfe aussah, sein Herz war gut und treu; ich hätte ihn gern gehalten, und doch war ich froh, daß er ging; er verdiente ein besseres Schicksal, als von einer Coquette genasführt zu werden, und das würde doch wohl schließlich sein Loos gewesen sein. Ich war ernstlich böse auf die kleine Circe, und konnte doch wieder kaum ernsthaft bleiben, wenn sie, froh von den langweiligen Stunden erlöst zu sein, ihrem Uebermuth die Zügel schießen ließ und die pedantische Haltung, die grotesken Maniren, die wunderliche Sprechweise ihres Ex-Lehrers auf die komischste Weise copirte.

Eben damals wurde unsere Gegend von einer fürchterlichen typhosen Krankheit heimgesucht, auch in unser Dorf zog die Seuche ein und wüthete vorzugsweise auf dem südlichen Ende, wo gerade die Aermsten zusammengedrängt wohnen. Zu den ersten, welche erlagen, gehörten Bertha's beide Eltern. Sie weinte keine Thräne und schien nach ein paar Tagen nicht mehr zu wissen, daß sie jemals ihre Eltern gekannt habe. Ich will nicht leugnen, daß dieses Mal Manches zur Entschuldigung des Mädchens sprach. Die Mutter hatte sie wirklich stets nur mißhandelt, aber der Vater war in seiner Weise immer gut gegen sie gewesen; wie oft war er in das Haus gekommen und hatte den Leuten in seiner Trunkenheit vorgeweint, daß seine Tochter ihren alten Vater ganz vergessen habe; wie oft hatte ich ihn den Hof umschleichen sehen, ob es ihm nicht gelingen würde, den Liebling zu erblicken! Ich war empört über ihre Gefühllosigkeit und überlegte zum ich weiß nicht wie vielten Male, ob ich nicht besser thäte, mich bei Zeiten von einem Geschöpfe loszusagen, dessen Wohlthäter nur die leidige Rolle des Mannes in der Fabel zu spielen schienen, der eine Schlange an seinem Busen hegte, um hinterher von der Undankbaren in's Herz gestochen zu werden.

Aber wie kann man sich von Jemand lossagen, um dessen Wohl und Wehe man sich lange Zeit ehrlich gekümmert hat! Wir mögen das Capital der Sorgfalt und Arbeit, das wir auf diese Weise angelegt haben, nicht verloren geben, und dürfen es auch nicht; die so kläglich geringe Möglichkeit, die dem privaten Menschen geboten wird, Gutes anzustreben, zu vollbringen, läßt eine solche Verschwendung nicht zu. Ueberdies lebte Bertha schon seit mehr als zwei Jahren ausschließlich in unserem Hause; ich glaube nicht, daß sie bei ihrem Leichtsinn über ihre Situation jemals ernstlich nachdachte, oder sich gar über ihre Zukunft Sorgen machte; sie war wie die Lilien auf dem Felde, die nicht säen und nicht arbeiten, und sich doch keineswegs wundern, vielleicht es als ihr gutes Recht in Anspruch nehmen, daß sie glänzender gekleidet sind, als Salomo in aller seiner Herrlichkeit.

Sie werden mich fragen, weßhalb ich denn nicht, wenn das Mädchen wirklich so ausgezeichnete musikalische Gaben besaß, daran gedacht habe, sie zur Künstlerin ausbilden zu lassen. Nun, ich habe wohl daran gedacht; aber es war da so Manches, was mich immer wieder schwankend machte. Zuerst durfte ich kaum hoffen, für mein Project die Billigung meines Gatten zu erlangen. Sein einfacher Sinn war allem Flitterkram und Firlefanz des Virtuosenthums, wie er es nannte, abhold. Ueber das Theaterwesen dachte er wie ein Landedelmann aus der alten Schule; es war ihm ein unsauberes Buch, das er gern mit sieben Siegeln verschlossen sah. – Mach' mit ihr, was Du willst, pflegte er zu sagen, nur unglücklich mache sie nicht, und was soll aus den Narrenspossen anders als Unglück für das Mädchen hervorgehen? Oder dünkt es Dich eine so lohnende Aufgabe, sie mit Aufwand von ich weiß nicht wie viel tausend Thalern zur Maitresse des ersten besten vornehmen Taugenichts zu erziehen? und das würde doch wohl das Ende vom Liede sein. Fahre fort, wie Du es thust, sie zu einer tüchtigen Landwirthin, zu einer praktischen Hausfrau auszubilden; dann mag sie einmal einen Bauer oder kleinen Pächter heirathen; das ist, Alles wohl erwogen, doch ihre Bestimmung, und sie wird schließlich auch nichts Anderes wollen; Art läßt nicht von Art.

So sprach mein Gatte; ich für mein Theil hatte ganz andere Bedenken. So gering er die Kunst achtete, so hoch stand sie mir. Ihm war das Mädchen zu gut für den Concertsaal, für das Theater; mir war sie nicht gut genug. Ich war damals noch jung, mein Freund, und enthusiastisch; ich meinte, die Kunst sei ein Priesterthum, und wer sich ihr weihe, müsse sich ihr hingeben ganz und gar mit allen Kräften seines Gemüthes, mit der vollen Leidenschaft seiner Seele. Ich hatte dies erhebende Schauspiel bei einer Jugendfreundin aus der Pension, die, allen Vorurtheilen ihrer hocharistokratischen Verwandten zum Trutz, durch tausend Schwierigkeiten hindurch sich den Weg bahnte und eben damals die ersten Blätter des Lorbeers zu ernten begann, der jetzt – Sie wissen, wen ich meine – im vollsten Kranze ihr musengeküßtes Haupt schmückt. Ich meinte, wenn Bertha von dem Genius auserwählt sei, so würde er sie zu finden wissen früher oder später; und indem ich sie so an dem höchsten Maßstabe maß, konnte mir freilich nicht entgehen, wie viel ihr zu der vollen Größe fehlte. Ja, ich war in solchen Augenblicken geneigt, das Urtheil, welches mein ruhig beobachtender Gatte über sie fällte, zu unterschreiben und zu finden, daß sie mit all' ihrer Schönheit, mit all' ihren anmuthigen Gaben ihre Abstammung denn doch nicht verleugnen könne, und, Alles in Allem, eine enge Seele sei, die mit kleinen Mitteln nach kleinen Zielen strebe, – eine bäurische Coquette, die der Zufall in eine Sphäre gebracht, in der sie sich niemals wahrhaft heimisch fühlen könne und die sie aller Wahrscheinlichkeit nach über kurz oder lang ohne großes Herzeleid wieder verlassen werde, um in ihr heimisches Element zurückzutauchen.

Diese Ansicht sollte früher, als ich glaubte, eine vollkommene Bestätigung finden.

Eines Tages erschien auf dem Hofe ein junger Mensch, der um ein Stück Brod und einen Trunk Wasser bat, nicht demüthig, sondern mit einem gewissen Trotz, ja, ich möchte sagen Stolz, wie Jemand, der ein Recht zu fordern hat, um was er bittet. Ich stand vor der Thür, auf meinen Gatten wartend, mit dem ich einen Spazierritt machen wollte und der noch in seinem Arbeitscabinet beschäftigt war. So hatte sich der Mann an mich gewandt. – In dieser Weise, mein Freund, heischt man keine Gabe, sagte ich. – Es kommt auch nichts darauf an, ob ich einen Tag früher oder später verhungere, antwortete er und wandte sich zu gehen.

Ein Schauder durchzuckte mich; aus des Mannes hohlen Augen hatte wahrlich der Hungertod geschaut. Ich rief ihn zurück, zögernd gehorchte er meinem Ruf. So war es nicht gemeint, sagte ich, Sie sollen haben, was Sie verlangen. Ich hieß einen der Leute den Mann in das Gesindehaus führen, aber sie hatten sich kaum ein paar Schritte entfernt, als er zusammenbrach. Ich schrie laut auf, mein Gatte kam eiligst herbei; es zeigte sich, daß das Leben des Aermsten wirklich nur noch an einem Faden hing, daß ein unfreundliches Wort von mir fast hingereicht hatte, diesen dünnen Faden zu zerreißen.

Aus unserem Spazierritt an dem Tage wurde nichts; ich wäre außer mir gewesen, ich würde es mir nie vergeben haben, wenn der Mann wirklich, mit einem Fluche gegen mich auf den Lippen, gestorben wäre. Glücklicherweise blieb er am Leben, ja, da er eine überaus kräftige Natur war, erholte er sich unter unserer sorgfältigen Pflege schnell genug so weit, daß er uns mittheilen konnte, wie er in diese Tiefe des Elends versunken.

Er stammte aus dem Kurhessischen; sein Vater war Knecht bei einem Pferdehändler gewesen, ein Ueberall und Nirgends, der weit in der Welt umherzog, und als er plötzlich auf der Reise tief im Ungarischen starb, seinen einzigen Sohn, der ihn als Roßbub begleitet hatte, mit kaum so viel Geld zurückließ, daß er seine Heimat wiedergewinnen konnte; nein, nicht seine Heimat! Der arme Junge hatte keine Heimat, wie die wohlweisen Behörden alsbald herausbrachten; sein Vater schon hatte keine gehabt. Wie das zusammengehangen, habe ich vergessen; es kommt auch nichts darauf an. Genug, das Leben Konrad Krüger's war von da an bis zu dem Augenblicke, wo er zu uns kam, das heißt zehn Jahre lang, ein Beitrag zu dem bekannten kläglichen Capitel unserer Culturgeschichte gewesen: wo er auch Arbeit gesucht und gefunden, überall hatte sich nach kurzer Zeit die Polizei hineingemischt und den heimathlosen Vagabunden auf die Landstraße gewiesen. Auf der Landstraße hatten ihn die Gensdarmen aufgegriffen und in das Kreisgefängniß abgeliefert. Aus dem Kreisgefängniß war er per Schub dahin transportirt, wo er zu Hause war und kein Haus besaß, und so war das unwürdige Stück weiter gespielt worden, das auf unserer Schwelle beinahe ein so trauriges Ende gefunden hätte.

Hier war etwas für meinen Gatten. Er, als praktischer Landwirth, wußte, wie gerade der Landbau unter dem Mangel eines Freizügigkeitsgesetzes seufzte, er hatte seit Jahren auf den Kreistagen dafür gekämpft; er machte die Sache des Vagabunden zu der seinen. Es kostete einen harten Kampf mit den schwerfälligen Behörden; endlich setzte er es durch; man hielt dem einflußreichen Manne seine Laune zu gute, und sein Schützling durfte zum ersten Male sagen, daß er habe, wohin er sein Haupt lege.

Wie schwer die Gesellschaft mit ihren aberwitzigen Institutionen sich an diesem Manne versündigt, dafür lieferte er uns täglich einen neuen Beweis. Es konnte keinen willigeren, fleißigeren und gewissenhafteren Arbeiter geben als Konrad Krüger. Und auch keinen geschickteren. Er war ein Meister in allen ländlichen Hantirungen; Alles was er in die Hand nahm, gelang ihm, oft in der überraschendsten Weise, und dabei schaffte er mit einer Energie, die an seiner gewaltigen Körperkraft und Zähigkeit eine, wie es schien, unerschöpfliche Quelle hatte.

Konrad wußte sich durch diese so trefflichen Eigenschaften meinem Gatten bald höchlichst zu empfehlen; vor Allem war es ein Zweig, in dem er sich ganz besonders auszeichnete und sich gewissermaßen unentbehrlich machte.

Mein Gatte, der sich bestrebte, seinen Nachbarn in jeder Hinsicht ein gutes Beispiel zu geben und die Cultur seines Districts nach Möglichkeit zu fördern, hielt ein nicht unbedeutendes Gestüt, das er sich viel Mühe und Geld kosten ließ. Er hatte immer gewünscht, anstatt seiner englischen Traineurs, mit denen er sich nie recht stellen konnte, einen Deutschen zu haben, der die Sache aus dem Grunde verstände, und hier war Konrad gerade der rechte Mann. Im Stalle gleichsam groß geworden und von Kindheit auf in der Gesellschaft von Roßkämmen, war er Meister in der Behandlung und der Dressur der Pferde. Mein Gatte erkannte bald, welchen Schatz, wie er sich ausdrückte, er an Konrad hatte, und da er sein Vertrauen gern voll schenkte, wo er vertrauen zu dürfen glaubte, so rückte er seinen Schützling bald in eine Stellung ein, um die ihn die Anderen wohl beneiden durften. Ich selbst war über die reißenden Fortschritte, die der Fremde in der Gunst seines Herrn machte, einigermaßen erstaunt; aber mein Gatte lachte und sagte, weshalb er nicht seinen Günstling haben solle, wie ich den meinen? und wenn sich sein Günstling auch nicht gerade durch Schönheit oder Zierlichkeit auszeichne, so habe er dafür den Vorzug, eine brave Seele zu sein; manche Leute schwärmten für geschmeidige Katzen, er für sein Theil bevorzuge die ehrlichen Hunde. Ich entgegnete, daß sowohl Hunden als auch Katzen, ja selbst Menschen gegenüber Vorsicht alle Wege ein gut Ding sei, woraus er dann etwas gereizt erwiederte, daß man die Vorsicht auch zu weit treiben könne, genau so wie die – Nachsicht. Ich mußte mir, da ich ihn um Bertha verdiente, diesen Spott gefallen lassen, aber ich nahm mir vor, mein Urtheil über Konrad Krüger nicht so bald gefangen zu geben, um so weniger, als er keineswegs zu denen gehörte, über die man im Reinen ist, wenn man ein halbes Dutzend Worte mit ihnen gesprochen.

Oder, um es anders auszudrücken: er war der seltsamste Mensch, der mir noch vorgekommen, und es wollte mir nicht gelingen, den Schlüssel zu diesem Räthsel zu finden, das da in Fleisch und Blut sich tagtäglich vor meinen Augen hin und wieder bewegte. Freilich, es konnte auch Niemand verschlossener sein, als dieser Mann; Niemand weniger bereit, sich an Andere anzuschließen, mit Anderen zu leben. Nehmen Sie dazu, daß diese seltsame Seele in einem Körper steckte, der für einen so rauhen Kern die entsprechende Schale war, so werden Sie es selbstverständlich finden, daß Alle auf dem Hofe dem Konrad so weit als möglich aus dem Wege gingen, ja, daß sich bald die abenteuerlichsten Gerüchte an seine Fersen hefteten. Nach den Einen war er ein vornehmer Graf, der ein schreckliches Verbrechen begangen und jetzt Knechtsgestalt angenommen habe, um sich desto sicherer vor den Häschern, die ihm auf der Spur seien, zu verbergen; die Anderen hatten nichts gegen die finstere That, die auf ihm laste, wollten aber von einer vornehmen Abkunft nichts wissen, ließen ihn im Gegentheil – um in ihrer Erfindung hinter Jenen nicht zurückzubleiben – früher ein Gewerbe betrieben haben, das in den Augen des gemeinen Mannes stets mit einem gewissen Makel behaftet sein wird und das ebenfalls viel mit Pferden zu thun hat, wenn auch vorzugsweise mit todten.

Sie können sich denken, daß solches Geschwätz auf mich keinen Eindruck machte; aber es war nicht zu leugnen, daß in dem Wesen des Mannes Gegensätze lagen, welche die kühnsten Annahmen gleichsam herausforderten. Er war ohne Zweifel, wie das seine Ausdrucksweise nur zu deutlich verrieth, niederer Abkunft; seine Schulkenntnisse beschränkten sich auf das Nothwendigste; wir hatten, mit einem Worte, nicht den mindesten Grund, an der Wahrheit der Angaben, die er uns nach und nach in seiner einsilbigen Weise über sein früheres Leben gemacht, irgendwie zu zweifeln; nichtsdestoweniger war ich selbst mehr als einmal nahe daran, an das Märchen von dem Grafensohn zu glauben.

Schweigsame Menschen, falls man sie nicht für stumpfsinnig oder beschränkt halten darf, umwittert ja immer der Duft einer gewissen Vornehmheit selbst dann, wenn sie auf einer niederen Gesellschaftsstufe stehen, ja in diesem Falle vielleicht um so mehr, als wir gewohnt sind, daß der Schwache, der Abhängige, zum mindesten über seine wirklichen oder vermeintlichen Leiden, redselig ist wie die Kinder. Und Konrad war die Schweigsamkeit selbst. Auch dann, wenn er zum Sprechen gezwungen war, that er es mit möglichst wenigen Worten, und konnte eine Geberde es thun, öffnete er gewiß nicht den Mund. So hatte es einen merkwürdigen Eindruck auf mich gemacht, daß er, als ich ihm nach seiner Genesung zum ersten Male wieder begegnete und ihn freundlich anredete, er statt aller Erwiederung nach meiner Hand griff und dieselbe küßte, und als ich weiter frug, ob ich ihm sonst noch helfen könne, nur sagte: Ich danke, ich habe ja Arbeit. Und das war bei ihm keine Phrase. Wenn es sonst das Erbübel der Dienstleute ist, in allen Nöthen sofort an die Mildthätigkeit der Herrschaft zu appelliren, ohne oft auch nur den Versuch zu machen, wie weit sie mit den eigenen Kräften und Mitteln reichen, so schien dieser Mann nur Alles sich selbst, Anderen nichts verdanken zu wollen. Mein Gatte hatte ihn, da er, als er zu uns kam, selbst des Nothwendigen ermangelte, selbstverständlich mit Kleidung und Wäsche ausgestattet, aber er bestand darauf, dies nur als einen Vorschuß zu betrachten, den er abzuarbeiten habe, und er ruhte nicht eher, als bis dies wirklich geschehen war.

Dennoch durfte man ihn, so eigenwillig er sich auf sich selbst stellte, so eifersüchtig er seine Unabhängigkeit zu bewahren strebte, durchaus nicht der Undankbarkeit zeihen. War ja doch die treue Sorgfalt, mit der er das Eigenthum seines Herrn, als wäre es das seine, behütete, die schönste Dankbarkeit, die Dankbarkeit in Werken!

Aber auch sonst ließ er es nicht an Beweisen seiner Gesinnung fehlen, die einem schottischen Clanmann alle Ehre gemacht hätten. Wenn der Kinder oder meines Gatten wegen, dessen Kränklichkeit damals reißend zunahm, in die Stadt geschickt werden mußte – da war es der Konrad, der immer bereit war; ich erinnere mich, daß er in einer Schreckensnacht den weiten Weg dreimal hin und zurück machte.

Ein anderes Mal – es war im Frühjahr 1848 – als auf dem Hofe eine Art von Meuterei ausbrach und ein paar Knechte drohend auf den kranken Herrn eindrangen, warf er sich mit einer solchen Wuth auf den Rädelsführer, daß der Mann kaum mit dem Leben davon kam. Eben so wenig hatte er es mir vergessen, wie ich mein erstes unfreundliches Wort alsbald wieder gut zu machen versucht hatte; und da er selten in die Lage kam, mir persönlich gefällig sein zu können, so entrichtete er den Zoll seiner Dankbarkeit an die Kinder, indem er, wie der treue Eckart, über sie wachte, ihnen, wo er konnte, eine Freude, eine Ueberraschung bereitete mit irgend einer Beute von den Feldern, aus dem Walde, mit allerlei hübschem Spielzeug, das er gar geschickt aus Weidenruthen, Baumrinden und dergleichen zu fertigen verstand.

Ueberhaupt mußte es auffallen, mit welchem Vertrauen sich die Kinder an einen Mann drängten, dessen schweigsames, ja finsteres Wesen den meisten Erwachsenen so unheimlich dünkte. Es wohnten eben zwei Seelen in seiner Brust. Die eine weiche, zärtliche zeigte er den Kindern, mit denen er spielte, den Blumen, die er vor seinem Fenster zog, den Vögeln auf dem Felde, denen er im Winter Futterplätze zu schaffen wußte, seinem kranken Herrn, für den er keine Mühe, keine Anstrengung scheute; die andere harte, rauhe, ja grausame gegen Alles, wovon er glaubte, daß es ihm gegenüber im Unrecht sei: gegen einen Knecht, der sich träge im Dienst erwies, gegen ein Pferd, das sich nicht fügen wollte, gegen sich selbst, wenn er sich, so oder so, nicht genug gethan hatte. In solchen Fällen war es, als ob der Mann ganz unter der Herrschaft eines finstern Dämons stehe; man mußte sich sagen, daß es dann nur auf eine Gelegenheit ankomme, um ihn zu einer Gewaltthat, zu einem Verbrechen zu treiben.

Da ich Ihnen keinen Roman erzählen, sondern nur ein Stück Menschengeschichte, welches ich selbst mit erlebt habe, berichten will, so werden Sie mir nicht zumuthen, daß ich aus Dem, was Sie schon längst haben kommen sehen, ein spannendes Geheimniß mache, und Ihnen umständlich Rechenschaft gebe von dem Wo? und Wie? sich der Konrad und die Bertha gefunden haben. Um ganz aufrichtig zu sein, ich weiß es selbst nicht, oder, mich genauer auszudrücken: ich habe mir erst nachträglich die Sache zusammenreimen müssen, die mir anfänglich so ungereimt und abgeschmackt schien, wie nur möglich.

Oder sollten Sie mir die Ueberraschung nicht nachfühlen können, die ich empfand, als eines Tages Bertha, das hübsche Gesicht von Thränen überströmt, vor mir erschien und mir, nach manchen vergeblichen Ansätzen, gestand, daß sie schon lange ein Verhältniß mit Konrad Krüger habe, daß sie jetzt einig seien, und daß sie nun komme, sich meinen Segen für ihre Verbindung zu erstehen.

Aber Du bist toll, Bertha! sagte ich; und wahrhaftig, wenn sie mir mitgetheilt hätte, daß sie mit dem Manne im Monde verlobt sei und die Hochzeit demnächst auf dem Sirius stattfinden solle, ich würde das ebenso begreiflich gefunden haben. Indessen, das schöne Mädchen blieb bei ihrer Behauptung, und ich mußte mich denn wohl entschließen, das Unbegreifliche begreiflich zu finden. Uebrigens war nicht viel aus ihr herauszubekommen; ja sie verwickelte sich in offenbare Widersprüche. Bald wollte sie ihm vom ersten Augenblicke an gut gewesen sein, bald war sie sich erst seit gestern klar über ihre Gefühle; bald sollte Konrad sie schon lange mit Anträgen – nein, nicht mit Anträgen, aber mit Blicken, mit kleinen Aufmerksamkeiten aller Art – verfolgt haben, bald wollte sie erst seit gestern, seit heute, seit einer Stunde wissen, daß er sie liebe.

Ich schob diese Ungenauigkeiten auf die Verwirrung, die sich ja in solchen Augenblicken eines Mädchenherzens gar wohl bemächtigen darf, und fand mich erst selbst zurecht, als ich die praktische Seite des Romans in Erwägung zu ziehen begann und Bertha fragte, wie sie sich denn eigentlich ihre Zukunft denke, von der ich mir bei der gänzlichen Mittellosigkeit des Mannes ihrer Wahl nur ein ziemlich dürftiges, ja klägliches Bild machen können O, der gnädige Herr und die gnädige Frau werden schon für uns sorgen, erwiederte sie. Dabei sah sie mich durch ihre Thränen hindurch mit demselben schelmischen Lächeln an, mit welchem sie mir an jenem Morgen vor sechs Jahren in der Allee die Wiesenblumen überreicht hatte. Und dann, fügte sie ernsthafter werdend hinzu, hat der gnädige Herr meinem Konrad ja auch die Verwalterstelle auf dem Vorwerk versprochen. Das ist für den Anfang schon immer etwas.

Dies Letztere war mir neu. Das Vorwerk kam allerdings zum Herbst außer Pacht, aber ich wußte nicht, daß mein Gatte beabsichtigte, es von da an selbst zu bewirthschaften, was bei seiner zunehmenden Kränklichkeit mir durchaus bedenklich schien. Ich ging, ihn aufzusuchen; er lachte, als ich ihm die große Neuigkeit mittheilte, und wiederholte mehr als einmal: die kleine Hexe, die Menschenfischerin! In Bezug auf das Vorwerk bestätigte er mir, was ich eben von Bertha gehört. Er habe mir nichts mittheilen wollen, weil er meine Aengstlichkeit kenne, aber die Sache werde sich so wirklich am besten arrangiren lassen. Er wollte dann das Gestüt, das ihn hier inmitten der weitläufigen Ackerwirthschaft nur belästige, auf das Vorwerk hinauslegen, wo es zwischen den großen Wiesen viel besser am Platze sei, und allerdings habe er dabei sehr an Konrad Krüger gedacht. Wen anders könne er auch mit größerem Vertrauen auf einen so verantwortlichen Posten stellen, als diesen fleißigen und treuen Mann? Das sei so gut, als ob er selbst beständig an Ort und Stelle wäre. Ueberdies habe er gegen Konrad auch wohl schon ein halbes Wort fallen lassen. Er fühlte sich dadurch allerdings nicht gebunden, aber es würde ihm doch, gerade einem so skrupulösen Menschen gegenüber, einigermaßen peinlich sein, sollte er es nachträglich wieder anders bestimmen, und vor allen Dingen jetzt, da Konrad seine Zukunft auf das Project zu bauen gedenke, würde er selbst es doppelt ungern aufgeben.

Dann fing er wieder an zu lachen über die kleine Hexe, die Menschenfischerin, die doch nicht ganz so albern sei, als es oft den Anschein habe, da sie sich den bravsten Menschen auf der Welt zum Eheherrn wünsche, und der überdies wohl ganz der Mann sei, gelegentlich den Herrn zu spielen und eine flatterhafte Coquette zur Raison zu bringen. – Ich weiß nicht, sagte ich; ich sehe vorläufig nur das Unpassende einer solchen Verbindung. Er ist, mag er in mancher Hinsicht auch noch so brav sein, Alles in Allem ein ungebildeter, rauher, um nicht zu sagen roher Mensch. – Und sie, unterbrach mich mein Gatte, eine hübsche Bauerndirne, die sich in unserem Umgang ein wenig Manier angeeignet hat, um im Grunde zu bleiben, was sie war, bevor sie zu uns kam. Willst Du einen Beweis? ich dächte der Umstand, daß sie an dem Konrad Geschmack finden konnte, wäre der beste. Laß Du sie nur machen; Gleich und Gleich gesellt sich gern. Du siehst es ja!

Freilich sah ich es und doch mochte ich kaum den eigenen Augen glauben. Mir ging die Sache wirklich recht nah, und das war am Ende erklärlich genug. Wie wenig Ursache ich auch hatte, auf Bertha besonders stolz zu sein, wie häufig sie mich auch durch ihren

Leichtsinn, ihre Flatterhaftigkeit, ihre Gefallsucht gekränkt und beleidigt – ich konnte es nicht vergessen, daß sie als Kind in unser Haus gekommen, daß sie seit sechs Jahren beständig in unserem Hause gewesen war; und wenn ich auch die Hoffnung aufgegeben, sie könne sich einst durch ihre Talente eine glänzende Zukunst schaffen – so armselig hatte ich mir ihr Loos nie gedacht. Ich fragte mich immer wieder: wie ist es möglich? ich zürnte dem plumpen Menschen, der seine rauhe Hand nach meiner Lilie von dem Felde, wie ich sie oft nannte, ausstreckte; und war nahe daran, mit den Leuten im Dorfe an eine übernatürliche Einwirkung zu glauben, an Zaubertränke, welche die alte Hexe, die Anne-Kathrin, dem Konrad verkauft und mit denen der arge Mensch das schöne Mädchen berückt habe.

Und doch war Alles ganz natürlich zugegangen, wenn man Die hörte, welche der Sache näher standen. War ich für das, was unter meinen Augen vorgegangen war, blind gewesen, hatten Andere desto hellere Augen gehabt; ich erfuhr mehr, als ich zu wissen wünschte, als mir zu hören lieb war. Da hatten Alle ihre interessanten Beobachtungen gemacht: Die Haushälterin, die Köchin, das Stubenmädchen, die Kammerjungfer, und ich gestehe, daß ich – zum ersten und ich glaube zum letzten Male in meinem Leben – mich ein wenig auf's Horchen und Aushorchen legte. »Aber wissen denn die gnädige Frau nicht, daß die Bertha schon letzten Martini, als er kaum ein halbes Jahr hier war, zu der Lisbeth gesagt hat, der solle doch noch einmal erfahren, daß hinter dem Berge auch noch Leute wohnten? O, gnädige Frau, und von der Zeit an ist die Bertha ihm ja auf Tritt und Schritt nachgegangen, und hat ihm zu Weihnachten eine Weste gehäkelt, die er nie getragen hat, weil er nicht gewußt hat, von wem sie gekommen ist; aber ich glaube: er hat's nur nicht wissen wollen; und im Winter hat sie immer die Vögel gefüttert, weil sie gemerkt hat, daß er das gern sähe, und jetzt hat sie ihm immer heimlich die schönsten Blumen in sein Fenster gestellt, aber just so sehr heimlich wird's ja auch nicht gewesen sein, und –«

Was soll ich Sie noch weiter mit dem Geschwätz der Leute behelligen, das mich damals um so mehr empörte, als ich mich überzeugen mußte, daß es nicht aus der Luft gegriffen war. Indessen, geschehen war nun einmal geschehen, und ich mußte gute Miene zu einem Spiel machen, welches mir so wenig gefiel. Ich hatte nur daran zu denken, wie der bösen Sache eine möglichst gute Wendung zu geben sein möchte. Das Erste war, daß Konrad in den Augen der Leute mit einem gewissen Ansehen ausgestattet wurde, wie es sich für den Bräutigam meines Schützlings geziemte. Er wurde von Stunde an Herr Krüger genannt und auch sonst bei vorkommenden Gelegenheiten in schicklicher Weise ausgezeichnet. Es erwuchsen nun daraus, wie Sie sich denken können, manche Inconvenienzen, aber doch nicht so viele, als ich anfänglich gefürchtet. Konrad blieb auch jetzt, unter so wesentlich anderen Verhältnissen, seinem Charakter treu. Nicht der mindeste Versuch, sich vorzudrängen! im Gegentheil, er wurde scheuer, schweigsamer als je zuvor, und nur die womöglich noch größere Gewissenhaftigkeit, mit welcher er seinen Geschäften oblag, bewies, daß er die Gunst seiner Herrschaft dankbar empfand, daß er sich ihrer in seiner Weise werth zu machen strebte.

Nichtsdestoweniger vermochte ich noch immer nicht zu fassen, wie aus der Verbindung zwei so grundverschiedener Naturen ein Segen für Eines und das Andere erwachsen könne, um so weniger, als ich in Bertha, ich möchte sagen, von der Stunde ihrer Verlobung an, eine eigenthümliche Veränderung wahrnahm. Ich hatte mir gedacht, daß ein so leichtlebiges Geschöpf, dessen Uebermuth sonst schon keine Grenzen kannte, in einem solchen Glücksstadium vollends ausschweifen werde; aber das Umgekehrte trat ein. Scherz und Lachen schienen von ihren rothen Lippen mehr und mehr zu schwinden, auf ihrer sonst so heiteren Stirn schwebte jetzt oftmals eine trübe Wolke, ein paar Mal fand ich sie in Thränen. Dabei versicherte sie stets, daß sie sich vollkommen glücklich fühle, daß sie ihren Konrad über Alles liebe, daß sie nur den einen Wunsch habe, mit ihm auf immer vereinigt zu sein.

Dieser Zeitpunkt kam schnell herbei; im August hatte sie sich mit Konrad verlobt, Michaelis trat er auf dem Vorwerk seine Stelle an. Es war verabredet worden, daß ein paar Wochen später, nachdem die Verlegung des Gestüts, welche viel Arbeit erforderte, beendigt und in dem neu eingerichteten Hause Alles für das junge Paar bereit sein werde, die Hochzeit stattfinden solle. Da nahm die Krankheit meines Gatten, welche in ihrem launischen Verlauf die Kunst der Aerzte leider vollkommen getäuscht hatte, eine plötzliche fürchterliche Wendung. Man rieth, was noch ein Jahr vorher vielleicht seine Rettung gewesen wäre: einen Aufenthalt in einem milderen Klima; es war zu spät.

Ich durfte nicht des fraglichen Glückes genießen, mich in meinem Schmerze zu betäuben. Eine ungeheuere Verantwortung war auf meine Schultern gewälzt, deren ich mir vom ersten Augenblicke an vollkommen bewußt, die ganz zu tragen ich vom ersten Augenblicke durchaus entschlossen war. Es galt, den Kindern das Erbe ihres Vaters ungeschmälert zu erhalten, es galt, sie als die Kinder eines solchen Vaters zu erziehen. Am liebsten hätte ich die Güter sogleich verpachtet, aber die Conjunctur war sehr schlecht, ein ungünstiger Contract unvermeidlich. So mußte ich mich nach Jemand umsehen, der im Stande war, in die Fußstapfen meines Gatten zu treten und eine musterhafte Wirthschaft in seinem Sinne weiter zu führen. Ich dachte zuerst an Konrad, aber ließ diesen Plan alsbald wieder fallen. Kaum ein Jahr war es, daß er ein Knecht unter den andern Knechten gewesen war; auf dem kleinen Vorwerk machte das weniger aus, auf dem Herrenhofe würde man sich nicht so leicht in einen so jähen Wechsel gefunden haben. Aber auch ganz abgesehen davon, mußte ich mir sagen, daß er einer solchen Stellung nicht gewachsen war. Große Bücher zu führen, ausgedehnte Correspondenzen zu besorgen, wo und wann hätte er das gelernt haben sollen? und dann – gestehe ich es nur! – ich würde ihn, selbst wenn er mit der Feder ebenso gewandt gewesen wäre, als er praktisch unzweifelhaft tüchtig war, nicht dieser Stelle würdig erachtet haben – der, welcher da selbstständig Anordnungen treffen sollte, wo mein Gatte bis zuletzt befohlen hatte, konnte, durfte nur ein Gentleman sein. Unter den jungen Eleven, so nützlich sie sich meinem Gatten auch erwiesen hatten, war doch keiner hinreichend erfahren und gesetzt; ich mußte sie, so schwer es mir ankam, sämmtlich entlassen, da ich die Verantwortung für ihre weitere Ausbildung nicht übernehmen konnte; einige Wochen vergingen mit der abschlägigen Beantwortung der Briefe von Bewerbern, die nicht orthographisch schreiben konnten; endlich stellte sich ein junger Mann vor, der mir auf das Drhigendste empfohlen war und den ich nach kurzem Schwanken acceptirte, um nur endlich einmal zu einer Art von Ruhe zu kommen, und weil er wirklich, soweit sich das in einer ersten Begegnung beurtheilen ließ, wenigstens eines Versuches werth schien.

Herr von Treche war ein Mann in dem Anfang der Dreißiger, hochgewachsen und schlank, mit Manieren von zweifelhafter Eleganz. Er wußte viel von der früheren, aber schon seit etwas lange untergegangenen Herrlichkeit seiner Familie zu erzählen, beklagte höchst elegisch das bittere Loos, welches ihm zu Theil geworden, und betrachtete es als selbstverständlich, daß er stets nur in adeligen Familien und auf Rittergütern conditionirt habe. Ich hielt ihm diese kleinen Schwächen zu gut, vorausgesetzt, daß er sich in der Hauptsache bewährte, und dies schien wirklich der Fall zu sein. Wenigstens legte er einen großen Eifer an den Tag und trug den Kopf voll von Projekten, deren Ausführung ich ihn bis zu dem Zeitpunkte zu verschieben bat, wenn er in den Besitz jener großen Erbschaft gelangt sein würde, die ihm von einem sehr entfernten Verwandten in allernächster Aussicht stehen sollte. Herr von Treche sprach beständig von dieser Erbschaft.

In seiner Eigenschaft als Cavalier war er natürlich ein sehr großer Pferdeliebhaber und, wenn man ihm glauben durfte, Pferdekenner. Das sei so recht eigentlich seine Force. Er lag mir fortwährend in den Ohren, daß aus dem Gestüt viel mehr gemacht werden könne, wenn man die Sache nur ordentlich angreife; vor Allem sei Konrad gar nicht der geeignete Mann für einen solchen Posten. Um etwas von Racepferden zu verstehen, müsse man selbst edles Blut in den Adern haben. Uebrigens habe er sich abermals über Herrn Krüger zu beklagen, der ihm noch immer nicht mit der Ehrerbietung begegne, auf welche er als Edelmann und als Vertreter der gnädigen Frau (hierbei eine insinuante Verbeugung) Anspruch zu haben glaube.

Ich pflegte ihm darauf zu entgegnen, daß die ganze Einrichtung, so wie sie da sei, von meinem Gatten herrühre, und er mich verbinden würde, wenn er hier, so wie in den übrigen Dingen, vorläufig Alles beim Alten lasse. Was seine Beschwerde über Konrad Krüger betreffe, so sollte er doch mittlerweile Zeit gehabt haben, sich an die eckigen Formen des allerdings sehr rauhen, aber durchaus erprobten Mannes zu gewöhnen, wie wir es Alle gethan und gern gethan hätten.

Diese Mißhelligkeiten verstimmten mich um so mehr, als ich, wie die Sachen lagen, kein Ende davon absah. Die jetzige Einrichtung

des Vorwerks war durch den Tod meines Gatten eigentlich unhalt-
bar geworden. Daß ich, sobald als möglich, das so kostspielige Gestüt eingehen lassen müsse, schien unabweislich. Damit aber wäre
Konrad gewissermaßen überflüssig geworden. Er hätte freilich noch
immer Verwalter auf dem Vorwerk bleiben können, aber zwei Verwalter, einer auf dem Haupt-, der andere aus dem Nebengut – das
hieß den Eifersuchtskrieg in Permanenz erklären. Hatte ich doch
nun schon so viel Proben davon gehabt! Nach langem Ueberlegen
kam ich auf den Ausweg, das Vorwerk Konrad, natürlich unter den
günstigsten Bedingungen, in Pacht zu geben. Dann war seine Selb-
ständigkeit, auf die er so eifrig hielt, gesichert, und seine so lange
hinausgeschobene Verbindung mit Bertha konnte endlich stattfinden.

Es war nämlich mittlerweile der ganze Winter und der erste Theil
des Frühlings vergangen. Konrad hatte gleich zu Anfang in seiner
lakonischen Weise erklärt, in einem Trauerhause könne keine
Hochzeit gehalten werden. Ich wußte, daß er seinen verstorbenen
Herrn auf's tiefste betrauerte. Er hatte mir in den letzten Schre-
ckenstagen die aufopferndsten Dienste geleistet, er hatte mit an
dem Sterbebette gestanden. Später erzählte man mir, daß man ihn
während der ersten Nächte in seiner einsamen Kammer laut mit
sich selbst habe reden und weinen und schluchzen hören. Auch
Bertha schien durch das Unglück, das mich betroffen, tiefer erschüt-
tert zu sein, als ich bei ihrer Flatterhaftigkeit für möglich gehalten
hätte. Auch sie wollte nichts wissen von der Hochzeit, auf die ich
von Zeit zu Zeit gutmüthig drang. Sie könne mich jetzt nicht verlassen, ich könne sie jetzt nicht entbehren. Wirklich hatte sie sich während dieser ganzen Zeit der Wirthschaft mit einem Eifer angenommen, der sonst gar nicht ihre Sache war, und sich mir vielfach nützlich erwiesen, was sie freilich nicht abhielt, sich in ihren Trauerklei-
dern so zierlich als möglich herauszuputzen und ein melancholi-
sches Lächeln vor dem Spiegel einzustudiren. Ihren Verlobten hatte
sie während des Winters sehr selten gesehen. Das Wetter war meistens abscheulich gewesen, und sie hatte vielfach über ihr Befinden
geklagt. Ich glaubte ihr deshalb eine große Freude zu bereiten, als
ich sie an einem schönen Apriltage aufforderte, mit mir nach dem
Vorwerk hinauszufahren, und ihr zugleich mittheilte, was ich in
Betreff ihrer und Konrad's neuerdings beschlossen habe.

Wie groß war nun mein Erstaunen, als das schöne Kind während dieser Mittheilungen blasser und blasser wurde und endlich in leidenschaftliches Weinen ausbrach. Sie wolle, sie könne mich nicht so bald verlassen, ich solle sie nicht von mir stoßen, sie sei das unglücklichste Geschöpf auf Erden. Aber mein Kind, sagte ich, ich verstehe dein Gejammer nicht. Auch kann ich nicht glauben, daß es der Gedanke einer Trennung von mir ist, was Dich in diesem Augenblicke so fassungslos macht. Wie? liebst Du den Mann nicht mehr, den Du zuerst an Dich zu fesseln gesucht hast, der Dich vielleicht, ja ganz gewiß nie geliebt haben würde, wenn Du es ihn nicht gelehrt hättest? – Ach, daß Sie so etwas sagen können, gnädige Frau! schluchzte die schöne Sünderin. – Ich sage nur, was Andere sagen, und was ich, wie ich Dich hier jetzt sehe, nur für zu begründet halte, erwiederte ich, indem ich mich unwillig von ihr abwandte und nach dem Wagen klingelte. Ich war entschlossen, mich durch die Launen einer Coquette nicht in meinem wohlerwogenen Entschlusse aufhalten und vor Allem den braven Mann, dem ich mich aufrichtig verpflichtet fühlte, nicht darunter leiden zu lassen. Ich verbat mir die Begleitung der Weinenden; ich wollte allein nach dem Vorwerk fahren und mit Konrad sprechen. Machen Sie mich nicht unglücklich, gnädige Frau, rief sie händeringend und mir zu Füßen fallend. Heftig erzürnt, wie ich war, ließ ich sie, ohne sie weiter eines Wortes oder Blickes zu würdigen, liegen und fuhr ab in der übelsten Stimmung.

Unterwegs hatte ich Zeit, mich wieder einigermaßen zu beruhigen. Ich nahm mir vor, Konrad zu sondiren, und, wenn er unbefangen blieb, der Scene, von der ich kam, keine Erwähnung zu thun. Vielleicht hatte ich die Sache am Ende doch zu ernst genommen und konnte durch ein einziges unbedachtes Wort gerade das Unheil anrichten, welches ich vermeiden wollte.

Ich traf Konrad nicht auf dem Gehöft. Ein Knecht sagte mir, daß er nebenan auf der Wiese ein Pferd zureite. Ich hieß den Mann bei seiner Arbeit bleiben, ich wolle Herrn Krüger selbst aufsuchen.

Die Wiese war nur wenige Schritte entfernt. Als ich hinter einem Zaun, der sie von der Straße trennte, hinschritt, sah ich Konrad. Er ritt ein junges Pferd, das schon als Füllen ein besonderer Liebling von mir gewesen war, und das ich ihn gebeten hatte, für mich zu schulen. Schon von Weitem freute ich mich der Grazie, mit welcher das herrliche Thier sich im Trabe bewegte, so daß es mit den leichten Hufen kaum den Boden zu berühren schien. Dann setzte er es in Galopp, gerade auf einen breiten Graben zu, der die Wiese quer durchschnitt. Das Thier prallte, sobald es an den Graben gekommen, mit mächtigem Satz auf die Seite und schüttelte unwillig den schönen Kopf. Er warf es herum, führte es im Trabe eine Strecke zurück, dann wieder im Galopp nach dem Graben. Dasselbe Manöver von Seiten des Pferdes, nur daß es diesmal zu steigen begann; ich glaubte jeden Augenblick, es würde sich überschlagen. Aber er drückte es mächtig herunter, und von Neuem begann der Kampf. Ich rief, er solle es genug sein lassen; aber der Wind verwehte meine Stimme, auch mochte die Leidenschaft ihn taub machen. Auf einmal bäumte sich das geängstete Thier zu seiner vollen Höhe; im nächsten Augenblicke rollten Roß und Reiter auf dem Boden. Ich schrie laut auf, aber es war kein Unglück geschehen. Da standen sie Beide schon wieder da, das Pferd an allen Gliedern zitternd, der Mann neben ihm, es mit der einen Hand am Zügel haltend, mit der andern auf den schlanken Hals klopfend. Und ehe ich mich von meinem Schrecken noch erholt hatte, saß er mit einem Sprunge abermals im Sattel. Das Thier hatte es aufgegeben, seinen fürchterlichen Reiter los zu werden. Als es jetzt an den Graben kam, flog es wie ein Pfeil hinüber; er ließ es den Satz von der andern Seite aus noch einmal machen und kam dann auf mich, die er jetzt erst bemerkte, herangaloppirt, stieg ab und begrüßte mich mit dem ihm eigenen Ernst.

Aber wie konnten Sie, nachdem Sie gestürzt waren, es noch einmal wagen! rief ich.

Mit Verlaub, gnädige Frau, sagte er, das gehört sich so.

Wir waren in das Haus und in seine Stube getreten, die er mit klösterlicher Einfachheit ausgestattet hatte: ein Tisch, ein paar Stühle, ein kleines Pult, in welches er seine Rechnungsbücher verschloß – Alles von braun angestrichenem Tannenholz; an den Wänden Sättel, Zäume, Reitpeitschen, nicht ohne eine gewisse Zierlichkeit geordnet, die weißen Dielen mit frischem Sand bestreut.

Ich sagte ihm, ohne viel Worte zu machen, weshalb ich gekommen sei. Er hörte mir aufmerksam zu und erwiederte, als ich zu Ende war: Nein, gnädige Frau, das geht nicht; unter den Bedingungen ist das keine Pacht, das ist ein Geschenk; ich müßte mich schämen, wollte ich auch das noch nehmen nach Allem, was der gnädige Herr und Sie an mir bereits gethan haben. Ueberdies dürfen Sie das Vorwerk gar nicht verpachten; es gehört zum Gut und muß mit dem Gute bewirthschaftet werden, wenn es Vortheil bringen soll. Der gnädige Herr hat ganz richtig gesehen; er hatte immer Recht. Das Gestüt müssen die gnädige Frau natürlich aufgeben, dabei kommt nichts heraus.

Und was wird aus Ihnen? sagte ich; ich fürchte, Sie werden mit Herrn von Treche nicht mehr lange zusammen arbeiten können, auch wenn ich Ihnen eine möglichst freie Stelle ihm gegenüber verschaffen wollte.

Ja, ja, erwiederte er; solch ein Verhältniß thut nie gut. Wo Alles ineinander greifen soll, muß auch Alles aus einem Kopfe kommen.

Und was wird aus Ihnen? wiederholte ich.

Ich gehe eben fort, erwiederte er.

Es scheint Ihnen nicht eben schwer zu werden.

Mir that das Wort leid, als ich es kaum gesprochen. Durch seine plumpen Züge zuckte es seltsam; er sah mich mit starren Augen an, die sich mit Thränen zu füllen begannen.

Der stumme Vorwurf schnitt mir in's Herz. In der Verwirrung vergaß ich, was ich mir anfänglich vorgenommen, und sagte: Und dann schieben Sie dadurch auch Ihre Heirath in unbestimmte Ferne. Das ist nichts für Bertha, die man festhalten muß, wenn man sie einmal hat.

Ich halte sie, sagte Konrad langsam. In seinen Mienen war, während ich sprach, eine vollständige Veränderung vorgegangen; die Thränen in den Augen waren verschwunden, wie von glühenden Kohlen aufgesogen, und wie glühende Kohlen brannten die Augen unter den buschigen Brauen. Der rührend milde Zug, der nur eben noch sein finsteres Gesicht verschönert hatte, war verschwunden; es sah aus, als wäre es plötzlich in Zorn und Grimm versteinert.

Was ist das? rief ich erschrocken; was haben Sie?

Er gab keine Antwort: ich hatte nicht den Muth, dies sonderbare Gespräch fortzusetzen. Ich sagte nur noch: Nehmen Sie sich in Acht;

Sie sind ein schwarzgalliger Mensch; solche Leute sehen Gespenster am hellen Tage.

Er schien es nicht zu hören, half mir in den Wagen, ehrerbietig grüßend; ich kam nach Hause, das Herz voll schwerer Sorge, die ich dadurch zu bannen suchte, daß ich mir sagte: Sie mögen sehen, wie sie mit einander fertig werden.

Aber so leicht ging das nicht; ich quälte mich förmlich mit der Lösung des Räthsels, welches ich in den zornglühenden Augen des Mannes gelesen hatte. Daß ich aus ihm noch mehr herausbringen werde, ließ sich nicht annehmen, noch weniger durfte ich hoffen, von Bertha die Wahrheit zu erfahren. So viel war klar: sie hatte ihm Veranlassung gegeben, an ihrer Liebe zu zweifeln; aber ich schob Alles auf ihren Flattersinn, der nicht wisse, was er wolle, und morgen schon wieder aufsuchen werde, wovor er, der Abwechselung halber, heute geflohen. Ich nahm mir vor, sie genau zu beobachten.

Die ersten Tage umschlich sie mich scheu und bebend, wie ein Kind, dessen Herz zwischen Furcht vor Strafe und der Hoffnung, noch einmal so durchzuschlüpfen, ängstlich schwankt. Als ich aber nichts sagte und auf ihre schüchterne Frage, wie es mit der bewußten Angelegenheit stehe, geantwortet hatte, es sei noch nichts entschieden und werde auch wohl so bald nichts entschieden werden, schöpfte sie sichtbar Athem und neuen Muth. Ihre Augen hörten auf, an jeder meiner Mienen, meiner Bewegungen zu hangen und wandten sich ganz allmälig, ganz verstohlen wieder dahin, von wo ich sie, zu ihrem größten Kummer jedenfalls, auf ein paar Tage verscheucht hatte.

Sie können sich meinen Unwillen vorstellen. Im ersten Moment wollte ich Herrn von Treche kündigen, Bertha fortschicken – was will man nicht Alles im ersten Moment! Dann kam die Ueberlegung, und ich sagte, daß jede Sache, sie habe auch ein noch so böses Aussehen, untersucht und geprüft werden müsse, ob nicht etwa Milderungsgründe für den Schuldigen zu finden seien, und waren denn hier keine solchen Gründe? Daß auf einen Mann, wie Herrn von Treche, dessen Leben wohl keinesfalls sehr exemplarisch gewesen war, ein Mädchen von Bertha's coquetter Schönheit einen großen Eindruck gemacht hatte, war am Ende begreiflich genug. Auf der andern Seite war dieser Herr in seinen hohen Stiefeln mit gelben

Stulpen, seinen phantastischen Reitfracks und enganschließenden Pikeschen, seinem zierlich gekräuselten, über den ganzen Kopf gescheitelten Haar, seinem blonden Schnurrbart, dessen flatternde Enden er beständig durch die Hand gleiten ließ, so recht eigentlich »der schöne Mann« für die Kammerjungfern, und daß Bertha's Geschmack sich nicht über diese Sphäre erhob, war leider unzweifelhaft. Zwar ihre plötzliche Leidenschaft für Konrad schien dem zu widersprechen, aber diese Leidenschaft war ja eben nur ein Schein gewesen, hervorgerufen durch, der Himmel weiß, welche Caprice ihres schwankenden Gemüthes. Schade nur, daß Konrad nicht der Mann war, sich zum Spielball der Launen einer Coquette machen zu lassen! Jetzt war mir klar, was der fürchterliche Ausdruck in seinem Gesicht an jenem Morgen und sein eisernes Wort: ich halte sie! zu bedeuten hatten. Der Mann, der an die Bändigung eines Pferdes kaltblütig sein Leben setzte, würde ein Mädchen, das er liebte, sicherlich nicht ohne Kampf aufgeben. Ich zitterte für Bertha: ich mußte sie warnen; ich mußte sie zur Rede stellen.

Ein Zufall überhob mich der peinlichen Mühe, die Leichtsinnige von ihrer Schuld zu überführen. Als ich eines Abends, von einem Gange in das Dorf zurückkehrend, hier aus dem Salon heraus in das Speisezimmer trete, erblicke ich in der entgegengesetzten Thür nach dem Flur Bertha in den Armen ihres Galans. Er hatte ein Geräusch gehört und schlüpfte, ohne sich umzusehen, schnell hinaus; Bertha, deren Gesicht mir zugewandt gewesen war, hatte der Schreck festgebannt. Sie starrte mich voller Entsetzen an und gehorchte mechanisch, als ich ihr befahl, mir hierher in den Salon zu folgen, dessen Thür ich hinter ihr abschloß. Das erste war natürlich, daß sie mir zu Füßen stürzte und sich das unglücklichste Geschöpf auf Gottes Erde nannte. Ich erwiderte, daß, wenn sie das wirklich sei, sie deswegen jedenfalls Niemand anklagen könne, als sich selbst. Sie habe ja von jeher eine Leidenschaft für Spiegel gehabt, ich wolle sie jetzt einmal in einen blicken lassen, der freilich die unangenehme Eigenschaft habe, nicht zu schmeicheln. Und nun führte ich ihr den Leichtsinn, ihre Gewissenlosigkeit, die Undankbarkeit, die Verlogenheit, deren sie sich schuldig gemacht hatte, in ruhigen, strengen Worten zu Gemüthe. Ich sagte ihr, daß ich Anfangs ihre Wahl Konrad's bedauert und ihr ein weniger dunkles Loos gewünscht habe, daß ich aber längst von dieser Ansicht zurückgekommen sei. Denn je länger ich

Konrad kenne, desto höher sei er in meiner Werthschätzung gestiegen, während ich von ihr gerade das Gegentheil sagen müsse. Ein Mädchen, das erst mit aller Kunst und Berechnung einen Mann anziehe, nur weil er ihr nicht gleich den Gefallen gethan habe, sich in sie zu vergaffen, das diesen Mann dann sofort wieder aufgebe, um sich dem ersten Besten, der ihr über den Weg laufe, nachzuwerfen und dieses häßliche, unredliche Spiel noch dazu unter der Maske der tiefsten Trauer um den Tod ihres Wohlthäters treibe – ein solches Mädchen sei der Güte, die ich an sie verschwendet, nicht mehr werth, sei derselben nie werth gewesen.

Aber Konrad ist immer so finster, schluchzte die Sünderin, und Herr von Treche ist so freundlich, und er hat mir versprochen, daß er mich auf der Stelle heirathen will, sobald er die Güter seines Vetters geerbt hat.

Ich mußte lachen, so empört ich war. Also das ist es? rief ich: der arme Konrad muß vor dem Herrn Rittergutsbesitzer zurücktreten und wir würden uns überhaupt mit dem obscuren Menschen gar nicht eingelassen haben, wenn nicht die Verwalterstelle auf dem Vorwerk in Aussicht und eine vortheilhafte Pachtung in Reserve gestanden hätte! Und denkst Du wirklich, fuhr ich fort, daß Dich Konrad so leicht aufgeben wird, so gescheit es auch von ihm wäre, wenn er es thäte?

Ein Zittern flog bei diesen Worten durch ihre Glieder. Schützen Sie mich, gnädige Frau, rief sie, sich auf's neue vor mir niederwerfend; er ist ein schrecklicher Mensch. – Also weiß er Alles? sagte ich. – Er würde mich tödten, wenn er es wüßte, schluchzte sie. Nein, er weiß noch nichts; ich hoffe es wenigstens; er ahnt es nur. – Und tödtete er Dich nun! sagte ich. Denkst Du, es ist ein Spaß für einen ehrlichen Mann, wenn er sein Herz in einen goldenen Schrein gelegt zu haben glaubt und sieht, er hat es in einen Sumpf geworfen!

Sie zitterte immer stärker, sie war leichenblaß geworden, ihre Zähne klappten auf einander. Ich glaubte, daß ich für den Augenblick genug erreicht habe; befahl ihr, sich auf ihr Zimmer zu begeben und ließ dann Herrn von Treche ersuchen, sich zu mir bemühen zu wollen.

Er erschien; ich sah auf den ersten Blick, daß er sich, so gut es gelingen wollte, in der Eile auf eine Scene mit mir vorbereitet hatte, und sah auch, daß es ihm herzlich schlecht gelungen war. Er war augenscheinlich noch nicht mit sich im Reinen, ob es vortheilhafter sei, den Trotzigen oder den Sentimentalen zu spielen, und dieses Schwanken gab seinem blonden Gesicht, das sich so schon nicht durch Geist auszeichnete, etwas unbeschreiblich Albernes. Ich empfing ihn stehend und bot ihm keinen Stuhl an, um ihn von vornherein merken zu lassen, daß die beleidigte Herrin mit ihm spreche. Und von diesem Standpunkt – es war wohl der einzige, den die fünfundzwanzigjährige Frau einem Manne, wie Herrn von Treche, gegenüber in solchem Falle einnehmen konnte – hielt ich ihm eine kleine Rede, die ihre Wirkung nicht verfehlte, wie sehr er sich auch Mühe gab, seine Bestürzung zu verbergen. – Meine Absichten waren die redlichsten, stotterte er, als er endlich ein Wort anbringen zu können glaubte; ich hatte und habe die Absicht, Bertha zu heirathen, sobald ich die Güter meines Vetters –

Da ich dieselbe Phrase vor zehn Minuten aus Bertha's Munde gehört hatte, lächelte ich so ungläubig und, ich fürchte, verächtlich, daß es ihm die höchste Zeit schien, den Beleidigten zu spielen und so vielleicht, indem er mich einschüchterte, das verlorene Terrain wieder zu gewinnen. Wenn Sie nicht eine Dame wären, brauste er auf, –

Mein Blut war mittlerweile auch in Wallung gekommen. – Wenn ich nicht eine Dame wäre, rief ich; aber wem kann es lieber sein, als Ihnen, daß ich eine bin! Würden Sie sonst gewagt haben, in diesem Hause, dessen Ehre Ihnen heilig sein mußte, ein unwürdiges Liebesverhältniß anzuknüpfen und bis in diese Gemächer – meine Gemächer! – fortzuspielen? würden Sie wagen, selbst in diesem Augenblicke mit einer Erbschaft zu prahlen, deren notorische Unwahrheit Sie sich von jedem Edelmann in der Umgegend bestätigen lassen können? würden Sie wagen, Ihren Nebenbuhler zu beseitigen dadurch, daß Sie ihn unaufhörlich bei seiner Herrin herabzusetzen und zu verleumden suchen?

Unter diesen Umständen, gnädige Frau, sagte er, werde ich wohl nur Ihren Wünschen entgegenkommen, wenn ich Ihr Haus so bald als möglich verlasse. Er verbeugte sich mit leidlichem Anstand und ging.

Ich schlief in dieser Nacht wenig; die böse Geschichte, in der ich, wahrlich nicht aus freien Stücken, eine so verantwortliche Rolle spielte, ging mir fortwährend im Kopfe herum. Was sollte ich mit Bertha machen? Sie fortschicken, sie ihrem Schicksal überlassen? – aber, großer Gott, ein schönes leichtsinniges Mädchen, das hilflos in die Welt hinausgestoßen wird, welchem Schicksal geht es entgegen! Und dann, war ich nicht auch mit Schuld daran, daß sie so geworden war! Wenn ich sie nie ihrem Stande bis zu einem gewissen Grade entfremdet, sie das Bauernmädchen gelassen hätte, als welches ich sie vor sechs Jahren fand – sie wäre ruhig ihren Weg gegangen, hätte sich in ihrer dunkeln Existenz glücklich gefühlt. Nun war sie in eine schiefe Stellung hineingedrängt, die gerade ihr verderblich werden mußte. Nein – ich durfte meine Hand nicht von ihr ziehen, wie sehr sie auch die Theilnahme, ja, ich darf sagen die Liebe, die ich für sie gefühlt, verscherzt hatte.

Aber auf der andern Seite, konnte ich nach dem, was geschehen war, ihre Verbindung mit Konrad befürworten? Daß sie für den Augenblick unter der Last ihres Selbstbewußtseins sehr geschmeidig sein und zu Allem Ja sagen würde, war anzunehmen; aber welchen Werth hatte ein solches Ja! und wie lange würde bei dem Manne die Leidenschaft, die ihn jetzt verblendete und ihn so heiß nach einem Glück verlangen ließ, dessen Werth ihm doch offenbar schon sehr fraglich geworden war, vorhalten? War es nicht das Beste für alle Theile, daß man einen Strich durch die Rechnung machte, die so schlecht stimmte? und sollte man Konrad, wenn man ihm vernünftig zuredete, nicht davon überzeugen können? Gewiß! er war ja, trotz seiner Störrigkeit, Alles in Allem, ein guter, vernünftiger Mensch, und ohne Zweifel hatte ich einen großen Einfluß auf ihn, ich mußte diesen Einfluß geltend machen.

Damit schlief ich gegen Morgen beruhigt ein, ohne zu ahnen, daß noch derselbe Tag mir beweisen würde, wie gröblich ich mich verrechnet.

Ich hatte für diesen Tag meinem Onkel einen Besuch zugesagt und eilte um so mehr, mein Versprechen zu erfüllen, als der alte Herr sich mir in der letzten Zeit vielfach mit Rath und That dienstbar erwiesen und ich gerade jetzt in der Lage war, einen guten Rath gebrauchen zu können. So ließ ich nach Tische anspannen; ich wollte zugleich die Gelegenheit benutzen, auf dem Vorwerk, über das ich doch fahren mußte, mit Konrad zu sprechen.

Ich war in großer Verlegenheit gewesen, wie ich, ohne Bertha ganz preiszugeben, Konrad zureden könnte, von dem Mädchen zu lassen, aber der sonderbare Mann mußte mir von dem Gesicht ablesen, was in meinem Innern vorging. Ja, ja, sagte er, wie als Antwort auf eine bestimmte Frage, während ich noch, ohne zu wissen, wie ich beginnen sollte, stumm vor ihm saß. Ich habe viel Geduld gehabt, jetzt muß dem Dinge ein Ende werden.

Da ich ihn so vorbereitet fand und so ruhig sprechen hörte, glaubte ich ihm meine eigentliche Meinung sagen zu dürfen. – Das ist Alles wohl wahr, gnädige Frau, erwiederte er, aber ich bin ihr nicht nachgelaufen, so soll sie mich auch nicht fortjagen dürfen wie einen Hund. – Er biß die Zähne übereinander, der finstere Dämon, der Gewalt über ihn hatte, schaute ihm bereits aus den blitzenden Augen. – Das ist keine Liebe, rief ich erschrocken, das ist eitel Stolz und Hoffart; das ist Unverstand und Wahnsinn. Wenn Sie durchaus keine Vernunft annehmen wollen, werde ich mich auf Bertha's Seite stellen und sie vor Ihnen in Sicherheit bringen.

Er blickte mich wild und trotzig an; ich war ernstlich erzürnt, wandte ihm den Rücken und schritt nach dem Wagen, der angespannt vor dem Hause hielt. Er kam hinter mir her; als ich schon im Wagen saß, ergriff er in dem Augenblick, als die Pferde anzogen, den Saum meines Kleides und drückte ehrfurchtsvoll einen Kuß darauf.

Ich werde aus dem Menschen nie klug werden, sagte ich zu mir selbst, und so sagte ich eine Stunde später zu meinem Onkel.

Der alte Herr schüttelte den Kopf und erwiederte: Das habe ich schon hundert und tausendmal in ähnlichen Fällen gesagt: wir tappen bei den Leuten so oft im Dunkeln, weil ihre Handlungen aus Seelenzuständen und Stimmungen resultiren, in denen wir uns vielleicht nie befunden haben und die uns deshalb inkommensurabel sind. Weißt Du, was in der Seele des Bettlers vorgeht, der da eben auf den Hof kommt und von meinem Pluto verbellt wird? weiß ich es? wir Beide haben in unserm Leben nicht gebettelt, und selbst die Hunde haben uns respectirt. Bei Deinem Protégé ist es nur zu begreiflich, wenn er anders ist als andere Leute. Der Mensch mag von Natur kein schlechtes Herz haben, aber nachdem sie ihn zehn Jahre lang molestirt und chicanirt, hat sich eine harte Rinde um das weiche Herz gesetzt, wie eine Hornhaut um die zarten Kinderhände, und nun kommen wir und meinen, so ein molestirtes und chicanirtes Herz müsse gerade so klopfen wie das unsere. Du wunderst Dich, daß er nicht von dem Mädchen lassen will, das ihm doch offenbar nicht treu ist. Aber nun nimm einmal Folgendes: Der Mensch hat, sei es aus einer dunklen Pietät, aus naivem Gehorsam gegen früh eingesogene Lehren, sei es aus einem mehr oder weniger klaren Rechtsbewußtsein – die Hände rein erhalten von fremdem Gut in all' seinem Elend, bei den tausend und abertausend Versuchungen, die auf ihn eingestürmt sind. Er weiß, was es heißt: entbehren; er möchte gar zu gern wissen, was es heißt: besitzen. Er glaubt sich dem langersehnten Ziele nahe, glaubt das Mädchen sein nennen zu dürfen. Nun aber soll sie auch sein werden, trotz Himmel und Hölle. Der läßt nicht wieder los, darauf gehe ich jede Wette ein. Und was die Treulosigkeit anbetrifft, darüber haben diese Menschen ihre besonderen Begriffe. Was unter uns eine Trennung für immer nothwendig herbeiführen würde, das macht bei ihnen oft eine Tracht Schläge wieder gut. Für die Bertha wäre es vielleicht sehr vortheilhaft gewesen, wenn sie zur rechten Zeit einmal die schwere Faust ihres Bräutigams gefühlt hätte; das würde sie zur Raison gebracht und unliebsame Weiterungen verhindert haben.

Der Onkel und ich hatten noch manches Geschäftliche miteinander zu besprechen; es war ziemlich spät geworden, als ich mich verabschiedete. Ich ging diesmal nicht, wie wohl sonst, heiter von ihm; die Art, wie der alte Skeptiker über die Sache gesprochen, die mir so sehr am Herzen lag, hatte mich verstimmt und beunruhigt zu gleicher Zeit. Die schöne Bertha mit Schlägen von ihrem Bräutigam gezüchtigt – welch ein abscheuliches Bild! nein! viel eher würde er ihr das Leben selber rauben.

Und während mir diese Gedanken durch die Seele gingen, erfaß-
te mich eine Angst, die ich nicht bewältigen konnte, wie sehr ich
mich auch deshalb schalt. Ich war einen halben Tag von Hause fort-
gewesen, was konnte unterdessen nicht geschehen sein! Ich hieß
den Kutscher so schnell als möglich fahren. Die Pferde griffen
mächtig aus; in sausender Eile flog der leichte offene Wagen unter
den Chausseebäumen, die im Nachtwinde nickten, dahin; wir ras-
selten durch das stille Dorf; wir hielten vor dem Hause. An den
Fenstern oben werden Lichter hin und her getragen, ein Haufen
dunkler Gestalten, der unter den großen Bäumen gestanden und
nach den Fenstern hinaufgeschaut hat, drängt sich neugierig-scheu
an den Wagen heran. Die alte Haushälterin schiebt den Diener bei
Seite und hilft mir heraus.

Was ist geschehen? frage ich mit einer Stimme, die sich vergebens
bemüht, fest zu sein.

Was nun geschehen war, ist später so oft durchgesprochen worden, ich habe die Zeugen so genau abgehört, die Hauptbetheiligten
haben mir früher oder später eine so offene Beichte abgelegt, daß
ich es Ihnen erzählen kann, als wäre ich selbst in jedem Moment

zugegen gewesen, als hätte ich selbst Alles mit durchlebt, durchlitten.

Konrad war, nachdem ich ihn verlassen, in einem Zustand, der an Wahnsinn grenzte, zurückgeblieben. Die Gewalt, die sich der seltsame Mann hatte anthun müssen, die Leidenschaft, die sein Herz erfüllt, nicht vor der Herrin zum Ausbruch kommen zu lassen, treibt ihn jetzt, als hätte er einen Mord auf der Seele, durch die Felder. Und er hat einen Mord auf der Seele, im Gedanken hat er seine Geliebte schon getödtet. An den, der sie ihm abspänstig gemacht, denkt er kaum. Er hat die instinctive Ueberzeugung, daß der Mann ganz gleichgiltig ist, daß es auch ein Anderer hätte sein können, daß es ihr wankelmüthiges, treuloses Herz ist, was ihn verrathen hat; daß er dies Herz zum Stillstehen bringen muß, wenn er selbst Ruhe haben will.

HEINRICH HÜBNER

So kommt er an den Bach; er setzt sich auf den steilen Rand unter die flüsternden Pappeln und starrt in das Wasser, wie es zu seinen Füßen sich in Wirbeln dreht und dreht, und ein paar Schritt weiter hinter der hohlen Weide, deren Wurzeln schon bloßgelegt sind, in mächtigem Zuge glatt herumschießt. Er hat im vergangenen Herbst mit geholfen, als der Bach abgelassen wurde und an den tieferen Stellen sich die Fische sammelten, bis man sie mit Händen greifen konnte. Diese war eine der tiefsten, zwölf Fuß und darüber. Wer sich einen Stein um den Hals bände und da hinabstürzte, der könnte lange liegen, und das wäre ja wohl das einfachste Mittel, um selber zur Ruhe zu kommen.

Nein, nein, er würde keine Ruhe in seinem nassen Grabe haben, nicht einmal der Körper, den sie über kurz oder lang ja doch finden müßten, geschweige denn die Seele, die, wie der Pastor in der Kirche sagt, nicht sterben kann. Und so eine Seele kann die Augen nicht mehr schließen und ihr Leid verschlafen, sondern muß immer wachen, Tag und Nacht und Nacht und Tag, und keine Mauer und keine Thür hält sie ab, sondern er ist immer bei ihr und sieht ihre Treulosigkeit und kann keine Hand ausstrecken, sie bei der weißen Kehle zu fassen und zu erwürgen.

Und zum andern Male tödtet er sie in Gedanken; er packt nach ihr und schüttelt krampfhaft die starken Arme, als er in die leere Luft greift.

Er springt empor, er will vor sich selbst, vor den Schreckensbildern fliehen, die sein kochendes Hirn heraufbeschwört. Er eilt über die nahe Brücke in den Wald, durch den Wald, bis wo auf der andern Seite ihm ein Blick auf die Berge wird. Sie winken so blau im glanzlosen Licht des sinkenden Tages zu ihm herüber – wenn er in die Welt hineinliefe, so weit ihn seine Füße trügen! Wie weit? nicht zehn Meilen, dann greifen die Gensdarmen den heimathlosen Vagabunden wieder auf und liefern ihn in das Polizeigefängniß ab zu Wasser und Brod – den unverbesserlichen Taugenichts! Und während man ihn mit Wasser und Brod tractirt, oder im Winterwetter auf der grundlosen Landstraße über die Grenze schafft –– welch schöne Zeit hat sie da, mit ihrem Buhlen zu kosen und über den häßlichen Konrad zu lachen, der auch einmal geglaubt hat, er werde die schöne Bertha heirathen! Nein, er kann nicht von hier fort; hier, zum ersten Male in seinem Leben, hat man ihn nicht wie einen Hund behandelt, hier hat er eine gütige Herrschaft gefunden, hier hat er arbeiten können nach Herzenslust, und Dank und Lohn für seine Arbeit gehabt. Er kann das elende Leben nicht von neuem beginnen; ist es hier zu Ende, ist's überall zu Ende, aber für ihn und für sie; sie müssen eben beide sterben.

Muß es denn sein? kann es denn sein? wie soll er es vollbringen?

Es zieht ihm die schwankende Erinnerung an eine Scene aus seiner frühesten Kinderzeit durch den Sinn: wie er in einem Gärtchen gestanden, unter hohen, hohen Blumen, auf die golden die Sonne schien, und hat ein Käferchen gehabt, das ist auf der obern Fläche seiner Hand immer ängstlich umhergelaufen. Da ist ein alter, alter Mann in weißen Haaren – es mag sein Urgroßvater gewesen sein – zu ihm getreten und hat ihm ein Kreuzlein gezeigt, das ist dem Käferchen auf dem Rücken gezeichnet gewesen, und der alte Mann hat gesagt: das Kreuzlein bedeutet, daß der Herr gestorben ist für Mensch und Thier und für das kleinste Würmchen, das auf der Erde kriecht, und darum soll der Mensch keinen Menschen quälen und auch kein Thier und keinen Wurm, sonst fangen des Herrn Wunden wieder an zu bluten, und er sagt's Gott dem Vater, und Gott der Vater straft den Missethäter. Da hat der Knabe das Käferchen auf die nächste Blume gesetzt und hat niemals wieder muthwillig auch nur das kleinste Würmchen geschädigt, und nun – Herr Gott im Himmel droben, was habe ich dir gethan, daß du mich so verfolgst!

Er wirst sich auf die Erde; er rauft das junge Gras, weint und betet, daß Gott den bittern Kelch möge an ihm vorübergehen lassen, daß er ihn erleuchten möge in seiner Leidensnacht; daß er ihm der Engel einen schicke, der ihm sage, wie er sich retten könne aus seiner grimmen Noth.

Da falle ich ihm ein. Mein Weg heimwärts führt an der Stelle vorbei; über den Hügel, der in einiger Entfernung vor ihm aufsteigt und dessen platter Rücken scharf gegen den Abendhimmel abschneidet, muß ich kommen. Ein Zeichen soll ihm sagen, ob Gott ihn erhört. Weiter abwärts, zwischen Wald und Hügel auf der Wiese, weidet der Schäfer seine Heerde; die Thiere ziehen sich langsam nach dem tiefern Grunde, es kann noch eine halbe Stunde dauern, bis das letzte verschwunden ist, – wenn der Wagen während der

Zeit über den Hügel kommt, soll ich sein guter Engel sein; er will mir die fürchterlichen Gedanken beichten, die seine Seele umnachten; er will sein Schicksal in meine Hände legen; was ich ihn thun heiße, das will er thun.

Die Heerde wird immer kleiner, immer mehr Schafe verschwinden hinter dem Walde; er betet heiß und heißer und schaut nach dem Weg über den Hügel und dann wieder nach den Schafen; nur wenige sind zurück; jetzt nur noch eins – wenn ich nun nicht komme, ist er verloren. Da sieht er, wie der Hund das zurückgebliebene Schaf wegtreibt, daß es in Galopp der andern Heerde nachspringt. Die Wiese ist leer, der Himmel hat ihn nicht erhört: sein guter Engel ist nicht erschienen.

So mag der Teufel sein Spiel haben!

Er ruft es laut, indem er sich von den Knieen erhebt. Da erscheint auf dem Hügel nicht der Wagen, den er erhofft, sondern eine einzelne Menschengestalt, schier übernatürlich groß, wie sie jetzt auf dem obersten Rande dahinschreitet, so daß sie sich dunkel von dem hellen Abendhimmel abhebt und nun langsam den Hügel herabkommt, querfeldein auf Konrad zu.

Ein Grausen befällt ihn, es ist die Anne-Kathrin, das verrufenste Weib im Dorf; die hat ihm nicht Gott, die hat ihm der Teufel geschickt, aber sie kommt ihm gerade recht; die Anne-Kathrin weiß mehr, als sie von Gotteswegen wissen darf; sie hat ihm im vorigen Herbst, als der Grauschimmel verschlagen war, ein paar Pillen verkauft, die haben dem Thiere alsbald wieder aufgeholfen; und ihn selbst hat sie bei der Gelegenheit gegen die wüthenden Kopfschmerzen einen Thee trinken lassen, da ist's nach ein paar Tagen wieder gut gewesen. Er hat's ungern genug gethan damals, und nur für den Herrn, dessen Lieblingspferd der Grauschimmel war, und daß er den Thee getrunken, hat ihn hernach noch lange gereut; es ist ihm immer gewesen, als ob die Alte ihn mit dem widerlichen Trank vergiftet, trotzdem sie ihn von seinen Schmerzen curirt. Seitdem ist er der Alten aus dem Wege gegangen, wo er irgend konnte, und wo er ihr nicht hat ausweichen können, hat er wenigstens auf die Seite geblickt.

Das thut er heute nicht; heute läßt er sie gerade auf sich zukommen und starrt sie mit weit aufgerissenen Augen an.

Guten Abend, junger Bursch! sagt die Alte, indem sie stehen bleibt, sich mit der linken Hand auf ihren Stock stützend und mit der rechten häßlich in der Luft wackelnd.

Ihr habt mir damals geholfen, sagt Konrad.

Und ich will Dir auch wieder helfen, unterbricht ihn die Alte; komm nur mit, wir können's unterwegs besprechen, wenn Du Dich nicht fürchtest, mit der Anne-Kathrin durch den Wald zu gehen.

Ich fürchte mich vor dem Teufel nicht, sagt Konrad.

Die Alte kichert und hüstelt und wackelt mit dem Kopfe und wackelt mit den beiden Händen, die sie jetzt zusammen auf den Stock gelegt hat, und kichert immerfort vor sich hin und hüstelt und spricht: darfst auch nicht, mein Sohn; wer um solch ein Teufelsmädchen freit, darf sich vor dem Teufel nicht fürchten.

Ihr habt mir's angethan, mit dem verfluchten Trank, schreit Konrad, indem er das Weib an der Schulter packt.

Die Alte weiß am besten, wie unsinnig diese Beschuldigung ist, aber ein jeder Zuwachs zu dem schlimmen Ruf, in welchem sie steht und von welchem sie lebt, ist ihr hoch willkommen. Sie sieht also dem Wüthenden frech in die Augen und sagt: Ei freilich hab ich's, aber was thut man nicht einem so hübschen Mädchen zu Gefallen; sie war ja ganz närrisch in Dich verliebt –

Und jetzt –

Ist sie's in einen Andern, ich weiß, ich weiß, alle Welt weiß es; aber das kommt davon, wenn ein junger Bursch so stolz ist und eine alte Frau, die es gut mit ihm meint, wie einen Hund behandelt und ihr die alten Knochen so durcheinander schüttelt.

Konrad läßt schnell die Alte los; sie nimmt ihren Stock in die Rechte und fängt an, auf den Wald, der nur wenige Schritte entfernt ist, zuzugehen. Konrad bleibt dicht hinter ihr. Ihr müßt mir wieder helfen, murmelt er. Die Alte antwortet nicht und geht weiter. Ihr müßt mir helfen, sagt Konrad noch einmal. Die Alte thut, als hätte sie nichts gehört.

Sie sind in den Wald gelangt; unter den hohen Bäumen, die im Abendwinde rauschen, dunkelt es bereits; von dem kahlen Wipfel einer absterbenden Eiche krächzt eine Krähe; ein Hase läuft, von links kommend, über den Weg.

Ich will Euch meine Seligkeit verschreiben, sagt Konrad.

Die Alte wendet sich plötzlich um.

Da müßt' ich doch erst das Angeld sehen, ehe ich das glaubte; aber so ein Bursch will seine Seligkeit verschreiben und kann sich nicht einmal von einem Thaler trennen.

Zufällig hat Konrad einen harten Thaler in der Tasche, er nimmt das Geld hervor und giebt's der Alten; es fährt ihm durch alle Glieder, als er ihre kalte, knöcherne Hand berührt und ihr dazu in die triefenden Augen sieht; er weiß, daß der Pact damit geschlossen ist, aber er hat nicht geprahlt: er fürchtet sich vor dem Teufel nicht.

Was soll ich thun? fragt er mit heiserer Stimme.

Eigentlich dürft' ich's nicht sagen, erwiedert die Alte, indem sie das Geldstück in ihre große Tasche gleiten läßt; die Bertha verdient nicht, daß ich ihr so einen braven Mann verschaffe, sie hat mich, als sie noch ein kleiner Balg war und neben mir wohnte, immer geneckt und Hexe hinter mir her geschrieen, und das letzte Mal hat sie mich schlecht bezahlt; aber das wirst Du ja wieder gut machen, und was thut man nicht einem solchen hübschen Burschen zu Gefallen.

Konrad lacht bitter. Wenn ich hübsch wäre, sagt er; ja, wenn ich hübsch wäre!

Ja, ja, sagt die Alte, aber das thut nichts, ganz und gar nichts; man kann jedes Mädchen toll vor Liebe machen, und daß sie Einem nachläuft wie ein richtiger Hund, der nicht weggeht, man mag ihn treten und schlagen wie man will. Ja, das kann man.

Konrad ist vor ihr stehen geblieben; er starrt sie mit weitgeöffneten Augen und Mund an; er spricht kein Wort. Welches auch der fürchterliche Zauber sein mag – nur wissen will er's, um es ausführen zu können, es sei auch, was es sei.

Die Alte hat sich auf einen Baumstumpf am Wege gesetzt und wühlt mit ihrem Stocke im Sande; Konrad steht vor ihr, die Alte spricht:

Wenn man um ein hübsches Jüngferchen freit und sie hat allzu feine Ohren und hört auf Jeden, der ihr in den Wurf kommt, so muß der Liebhaber, der erhört sein will, den Andern zuvorkommen und dem Jüngferchen die Ohren stutzen.

Die Alte schweigt, Konrad regt sich nicht; er sagt kein Wort, die Alte fährt fort:

Er muß aber dazu ein Messer nehmen, damit noch kein Thier getödtet und an dem auch sonst kein Tröpflein Blut geklebt und das er auf der Sohle seines linken Stiefels scharf gewetzt hat; das muß er nehmen, und ihr begegnen in der Zeit, wenn der Mond zunimmt, und muß ihr, während er sie herzt und küßt, ein Schnittchen in jedes Ohr machen, tief genug, daß das Blut über die ganze Klinge läuft. Dann muß er das Messer nehmen und es in ein Kohlblatt schlagen, an dem noch keine Raupe gefressen hat, und in derselben Nacht noch muß er es an einem Kreuzweg einscharren, drei Fuß tief, und muß sich gegen Abend wenden und dreimal sprechen: Hilf! und sich gegen Morgen wenden und wieder dreimal sprechen: Hilf! dann wird ihm geholfen werden und er ein liebes Weibchen haben, das zärtlich ist am Abend und am Morgen. – Soll ich es Dir noch einmal sagen?

Nein, ich hab's behalten, erwiedert Konrad und wendet sich zu gehen. Die Alte bleibt auf dem Baumstumpf sitzen und freut sich, während sie dem Enteilenden nachschaut, in ihrem bösen Herzen der Rache, welche sie an dem schnippischen Ding, der Bertha, die sie immer gehaßt hat, nehmen wird, und betrachtet dann wieder wohlgefällig den harten Thaler. Sie hat ihren Spruch gar gut gesagt. Eins oder das Andre vergißt er doch; und wo soll er jetzt im Frühjahr das Kohlblatt hernehmen! Läßt er's aber weg, so bindet der Zauber nicht, und sie hat ihren Thaler redlich verdient. Auf jeden Fall hat sie ihre Rache, die süße Rache!

Unterdessen streift Konrad durch den dunkelnden Wald. Sein Gehirn ist von all dem Denken und Grübeln, von all der Raserei und Verzweiflung und von dem, was er nun zuletzt durchgemacht, ganz zerrüttet. Er will sich den Spruch der Alten noch einmal hersagen: er vermag es nicht. Er blickt empor zur Sichel des zunehmenden Mondes, die golden durch die Zweige glänzt. Der Mond hat in dem Spruch der Alten auch eine Rolle gespielt, er erinnert sich nicht mehr, welche. Ohne zu wissen, wie er dazu gekommen ist, hält er plötzlich das große Einschlagemesser, das er beständig in der Tasche trägt, aufgeklappt in der Hand. Die blanke Klinge blitzt auf in einem Strahl des Mondes, und wie ein Blitz zuckt es durch Konrad's umdunkelte Seele. Der Griff liegt so fest in seiner starken Hand, als wären Griff und Hand eins. Ja, ja das Messer ist es, das gute, scharfe Messer, das andere, was die alte Hexe gesagt, ist alles nur dummer Hokus-Pokus. Ein Schnittchen in's Ohr! ja wohl! das würde was Rechtes helfen; ein Schnittchen thut's wohl nicht; aber ein Schnitt, ein einziger, tüchtiger Schnitt und noch einer und –

Der Unglückliche lacht gell auf, und dann überfällt ihn plötzlich ein seltsamer Schauder; er stößt mit dem Messer vor sich weg in die Luft, als wolle oder könne er sich dadurch den Versucher vom Leibe halten; aber – so oder so – der Versucher will nicht weichen; das fürchterliche Bild, das er einmal heraufbeschworen, will nicht verschwinden. Die Zunge klebt ihm am Gaumen, er schluckt mühsam, als ob er das Blut tränke, das er von ihrem weißen Halse herunter rieseln sieht. Wie ihr das wohl ließe! sie hat so feine, kleine, weiße Ohren, wie Kinderohren! und sie ist so eitel darauf! sie streicht das glänzende braune Haar immer sorgsam an den Schläfen hinauf, daß nur ja die weißen Ohren frei bleiben. Es würde schauderhaft aussehen, nicht für ihn! Was ist es ihm, ob sie Ohren hat, oder nicht, so lange ihre blauen Augen lachen und ihr rother Mund – so lange sich ihr Busen hebt und senkt, – so lange Athem ist in ihrer Brust, so lange sie lebt! – aber für die Andern, für den Herrn von Treche, der ihr dann doch wenigstens nicht in die kleinen weißen Ohren flüstern kann, daß sie die Schönste, die Allerschönste sei, daß er sie lieb habe! o! so lieb! und daß er sie heirathen und zur gnädigen Frau machen wolle! Heirathen! – Und wieder lacht er gell auf! Heirathen! ja wohl! Der wird sie dann nicht heirathen, der nicht, und Keiner sonst, Keiner, Keiner! Dann ist sie für ihn, ganz allein für ihn, für ihn einzig auf der weiten Welt.

Er ist, während so der Tropfen Höllenfeuer, den die Alte in sein Herz gespritzt, von der Gluth seiner Seele genährt, zur wilden Flamme auflodert, immerfort vor sich hin gerannt, ohne zu wissen, wo er sich befindet oder wohin ihn seine Füße tragen, wie in einem wüsten Traum. Plötzlich steht er an dem Graben, der hinter dem Teichgarten wegfließt. Drüben ist die Gartenmauer und in der Mauer die Pforte. Er weiß, sie ist nicht verschlossen; der Gärtner, der aus dem Graben Wasser für seine Beete schöpft, findet es bequemer, sie nicht zu verschließen; auch führt kein Steg hinüber. Konrad hat in diesem Garten im Anfang, als ihm noch keine bestimmte Arbeit zugetheilt war, und er bald hier, bald dort mit zugriff, Bertha zuerst gesehen. Später haben sie hier, wohin sie, – er aus dem Wiesengarten, der an die Ställe grenzt, sie, die den Gartenschlüssel in Verwahrung hatte, – leicht und heimlich gelangen konnten, ihre Zusammenkünfte gehabt, in denen sie ihm tausend und tausendmal unter heißen Küssen ihre Liebe geschworen – und jetzt! Mit einem mächtigen Sprunge ist er über dem Graben; er drückt die Pforte auf, er schleicht in dem schmalen Gange zwischen der Mauer und den Fliederbüschen, die eben die ersten Blätter zu treiben beginnen, hinaus. Mit aller Macht überkommt ihn die Erinnerung an einen Abend im vergangenen Spätherbst – den letzten, wo er sie hier in den Armen gehabt an dem kleinen verfallenen Pavillon in der Ecke, zu dem die morsche Treppe hinaufführt. Sein Herz klopft zum Zerspringen, da muß er sie heute wiedersehen und – da sieht er sie!

Sie sitzt auf der Treppe und lacht zu einem Manne empor, der neben ihr steht und sich jetzt zu ihr herabbeugt. Er nestelt an ihrem Kopf, an ihren Haaren; sie wehrt ihn lachend ab und läßt es sich dann doch gefallen, daß er ihr ein Geschmeide, nachdem er es vor ihren Augen hat spielen lassen, in den Ohren befestigt.

In Konrad's Ohren saust es, seine Schläfe schmerzen ihn, als wollten sie springen, seine Augen glühen, seine Zunge, seine Lippen sind wie verdorrt, er schnappt nach Athem; im nächsten Moment steht er vor der kosenden Gruppe, die, als sie ihn erblickt, voller Entsetzen auseinander fährt. Den Verführer packen, ihn auf die Erde schleudern, ihn, als er sich erhebt und auf ihn eindringt, mit einem Faustschlage nochmals fällen, ist für den starken, wüthenden Mann das Werk von ein paar Augenblicken. Der übel zugerichtete Feigling wagt keinen neuen Angriff. Er erhebt sich zitternd und läuft, laut um Hilfe rufend, so schnell ihn seine Füße tragen können, aus dem Garten, ohne sich nur einmal nach dem armen Mädchen umzusehen, das in der Gewalt des Unsinnigen zurückbleibt.

Sie steht noch immer auf den Treppenstufen; der Schrecken hat ihre Glieder gelähmt. Sie starrt den Mann an, den sie so schändlich verrathen, und versucht mit bleichen, zitternden Lippen zu lächeln. Ihr Lächeln ist sonst sehr süß, jetzt ist es nur ein häßliches Grinsen. Er erkennt sie kaum, so sehr hat die Angst sie entstellt. Die Mondsichel blickt über die hohe Gartenmauer, und zugleich fällt sein Blick auf die Ohrringe, die ihr der Verführer noch eben eingehängt hat. Thu' das fort, schreit er sie an; um Gottes Barmherzigkeit willen: thu' das fort! Sie weiß erst gar nicht, was er von ihr verlangt; als sie es begreift, hebt sie die Hände, aber sie sinken ihr kraftlos herab; wieder lächelt sie ihn mit dem gespenstischen Lächeln von vorhin an. So muß es sein! ruft er mit fürchterlicher Stimme, indem er sie zugleich mit rauher Hand ergreift. Die Todesangst giebt ihr die Besinnung, giebt ihr die Kraft zurück. Sie springt auf und will fliehen; er reißt sie an sich; das Messer blitzt ihr vor den Augen; das ist das Letzte, was sie noch sieht; sie fühlt einen brennenden Schmerz, fühlt, wie ihr das Blut an den Wangen, an dem Hals herunterrieselt, die Sinne schwinden ihr.

Unterdessen hat Herr von Treche auf dem Hofe Lärm gemacht. Es ist die Zeit, wann nach Vollendung der Arbeit gerade viel Knechte und Tagelöhner auf dem Hofe versammelt sind. Er schreit ihnen entgegen: im Teichgarten laufe der Konrad umher, der habe ihn und die Bertha ermorden wollen. Konrad ist wegen seiner Strenge und Redlichkeit bei Allen verhaßt; eine Gelegenheit, sich an ihm zu rächen, kommt ihnen sehr gelegen. Sie ergreifen als Waffen, was ihnen zuerst in die Hände kommt: Stangen, Dreschflegel, Heugabeln, die Weiber schließen sich an; so ziehen sie nach dem Garten. Kaum haben sie, indem Einer den Andern vorschiebt, ein paar Schritte unter den hohen Bäumen gethan, als ihnen Konrad mit dem Mädchen in den Armen entgegen kommt. Mörder! Mörder! schreien sie ihn an, und wollen ihn ergreifen. Er überläßt das Mädchen ein paar Frauen, die sich herandrängen, tritt dann schnell zurück und droht, Jeden, der sich ihm nähere, mit dem Messer, das er über dem Kopf schwingt, zu erstechen. Niemand will sein Leben daran setzen, am wenigsten Herr von Treche, obgleich er am lautesten schreit. Konrad, der sie unentschlossen sieht, wendet sich und ist alsbald unter den Bäumen, in den Büschen verschwunden. Man verfolgt ihn nicht, Alles drängt sich um Bertha, die sich ein wenig zu regen beginnt und also jedenfalls nicht todt ist, zum innigsten Bedauern der Anwesenden, die sich auf das Schrecklichste gefaßt gemacht haben und nun um das tragische Finale so jämmerlich betrogen werden. Doch ist es nur eine Stimme, daß sie noch in dieser Nacht sterben werde. So trägt man sie in's Haus, wo die alte Haushälterin sie in Empfang nimmt und auf ihr Zimmer bringen läßt. Man wäscht das Blut ab, das noch immer aus den Wunden strömt, jammert und ringt die Hände über die grausame Verstümmelung, die an dem schönen Mädchen verübt ist, und vergißt dabei ganz, in die Stadt nach dem Arzt zu schicken.

Dafür ist man draußen um so geschäftiger; man schämt sich, daß man den Bösewicht so leichten Kaufes hat davon kommen lassen. Möglicherweise ist er noch in einem der Gärten versteckt; jedenfalls verlohnt es sich, da man doch einmal beisammen ist, eine Jagd in großem Stil anzustellen. Man bewaffnet sich kriegerischer, als es vorher in der Eile möglich war, man zündet die Laternen an, man nimmt den Hofhund von der Kette; auch mein großer Neufundländer, der mich ausnahmsweise nicht begleitet hat, muß an dem Zuge

Theil nehmen. Herr von Treche wird, als man eben aufbrechen will, vermißt. Man hat nicht bemerkt, daß er sich schon vor einer halben Stunde in den Stall geschlichen, sein Pferd gesattelt, zur Hinterthür hinausgezogen hat, aufgesessen und in toller Eile davongeritten ist. Man sucht, man ruft, und entschließt sich endlich, da Suchen und Rufen vergeblich ist, ohne den schnurrbärtigen Helden das Wagestück zu beginnen. Der Haufe zieht in den Garten, man läßt die Hunde los, schlägt auf die Büsche, zertritt die Beete und kehrt nach einer Stunde zurück, wenn auch ohne den Verbrecher, doch in dem süßen Bewußtsein, eine schwere Pflicht mit Selbstaufopferung erfüllt zu haben.

So standen die Dinge, als ich ankam. Mein Gemüth war unterwegs durch die bestimmte Furcht möglicher Schrecknisse, die mich bei der Heimkehr erwarteten, so verdüstert gewesen, daß mich die Wirklichkeit verhältnißmäßig ruhig ließ. Ueberdies war es für die Herrin einfach schicklich, in solcher Lage unter so vielen kopflosen Menschen den Kopf oben zu behalten. Ich hieß die Leute auseinandergehen, es sei für den Augenblick für sie nichts mehr zu thun; dann schrieb ich, noch in den Reisekleidern, ein Billet an den Arzt und ein paar Zeilen an meinen Onkel und befal, daß zwei reitende Boten sich sofort auf den Weg machten. Das Alles war in wenigen Minuten geschehen, dann folgte ich der Haushälterin in das Zimmer, wohin man das arme Mädchen getragen hatte. Auch hier waren erst drei oder vier unnütze Klageweiber zu vertreiben, bis ich an das Bett, auf dem die Unglückliche noch in ihren Kleidern lag, gelangen konnte.

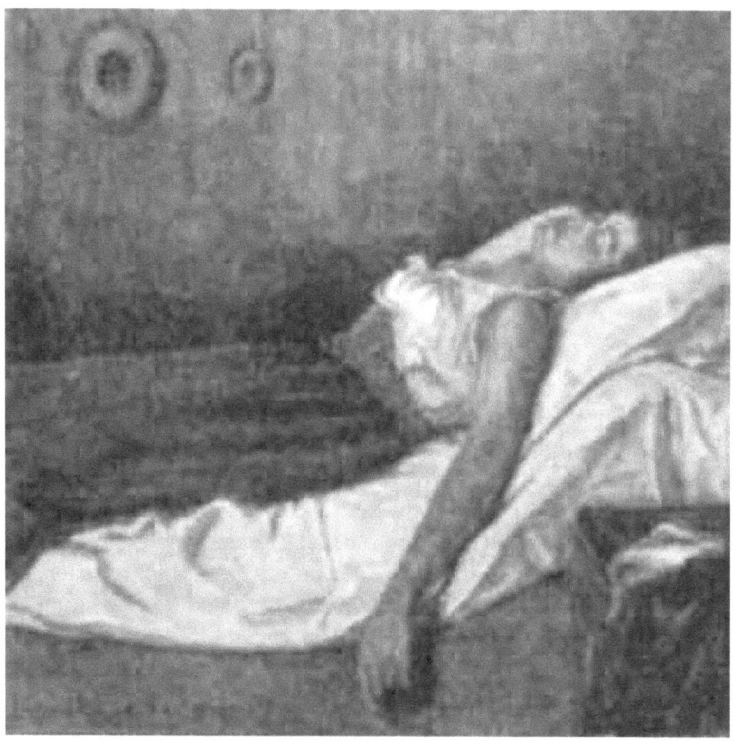

Ich glaubte auf Alles gefaßt zu sein, dennoch vermochte ich nicht, einen Schrei des Entsetzens zu unterdrücken, als ich den ungeschickten Verband, den man angelegt hatte, entfernte. Wäre das Mädchen wirklich ermordet worden und hätte ich jetzt vor ihrer Leiche gestanden, ich weiß nicht, ob mein Entsetzen größer gewesen wäre. Hier war etwas Unbegreifliches, Unfaßliches, für meine Empfindung unsäglich Grauenhaftes. Den Leib tödten, weil man sonst nicht an die Seele, die uns beleidigt hat, kommen kann oder kommen zu können glaubt, das hätte ich verstehen, nachfühlen können; aber den Leib verstümmeln, diesen schönen Kopf für immer zu einer Carricatur machen – ich würde vergeblich versuchen, Ihnen meine Empörung zu schildern. Ich war beinahe außer mir; ich wiederholte mir immerfort: das ist nicht die That eines von der Leidenschaft Ueberwältigten, das ist das Werk eines Teufels.

Und wer war dieser Teufel? der Mann, auf dessen Redlichkeit ich so fest vertraut hatte, der mir hundert Beweise seiner Bravheit, seines Opfermuthes, seiner Anhänglichkeit gegeben, dem ich noch vor wenigen Stunden, wenn es hätte sein müssen, mich selbst, meine Kinder anvertraut haben würde – mich schauderte vor den entsetzlichen Tiefen des Menschenherzens, die sich hier plötzlich dem schwindelnden Blick aufschlossen; aber Abscheu war doch die herrschende Empfindung, tiefster Abscheu vor dem Thäter und seiner That, und Mitleid, innigstes Mitleid mit seinem unglücklichen Opfer, das noch immer nicht wieder zur Besinnung gekommen war und jetzt im Wundfieber zu lachen und abgerissene Strophen aus ihren Lieblingsliedern zu singen begann.

Ihr Zustand, den ich bis dahin für nicht absolut gefährlich gehalten hatte, begann mich zu ängstigen, dabei konnte der Doctor im besten Falle vor zwei Stunden nicht eintreffen. Wie angenehm war ich deshalb überrascht, als ich jetzt einen Wagen vorfahren hörte und eine Minute später der so sehnlichst Erwartete in's Zimmer trat. Er ließ sich in seiner mir längst bekannten Weise nicht weiter auf Fragen ein, sondern trat sofort an's Bett und begann seine Untersuchung. Ich sah ihn wiederholt den Kopf schütteln. Es ist lebensgefährlich? fragte ich leise. – O nein, das nicht, erwiederte er, und fuhr ruhig in seiner Arbeit fort, legte den Verband an, traf die nöthigen Anordnungen, und sagte, daß jetzt vorläufig nichts weiter zu thun sei.

Wir gingen hinaus. Er wiederholte seine Versicherung, daß eigentliche Gefahr nicht vorhanden, es müßten denn besonders ungünstige Verhältnisse, die er aber keineswegs befürchte, eintreten. Das Fieber sei jetzt sehr stark, werde aber bald nachlassen; um Bertha's Schönheit sei es freilich für immer geschehen. Zuletzt fragte er, wonach mancher Andere zuerst gefragt haben würde: wie denn dies Alles so gekommen? Ich erzählte ihm, was ich wußte. – Das ist kurios, das ist kurios, darüber muß man sich wirklich wundern, wiederholte er einmal über das andere; und wissen Sie denn, wem wir's zu verdanken haben, daß ich so früh gekommen bin? demselben Manne, der das arme Mädchen in diesen Zustand gebracht hat. – Unmöglich! rief ich. – Und doch ist es so, fuhr er fort. Vor zwei Stunden werde ich in der Ressource vom Taroktisch weggeholt. Draußen halte ein Reiter, sagt mir der Kellner, der mich selbst zu sprechen wünsche. Ich gehe hinaus. Neben einem Pferde, das, wie ich beim Scheine der Laterne sehe, mit Schaum bedeckt ist und dessen Weichen fliegen, steht Konrad. – Was giebt's, Konrad? – Sie müssen sofort kommen. – Aber was giebt es denn? – Ich kann es nicht sagen, aber Sie müssen sofort kommen. – Die gnädige Frau? eines von den Kindern? – Nein, die Bertha . . damit sitzt er schon wieder im Sattel. Ja, mein Gott, sage ich; aber da giebt er dem Pferde die Sporen, und fort geht's im Galopp die Straße hinab. Ich machte, daß ich nach Hause und in den Wagen kam, es mußte wohl Gefahr im Verzuge sein, wenn sich der Konrad, den ich als einen so vernünftigen, kaltblütigen Menschen kannte, so toll geberden konnte. Freilich, dacht' ich, er ist der Bräutigam des Mädchens – wenn ich dies hätte ahnen können! Aber jetzt will ich noch einmal nach unserer Patientin sehen. Sie müssen sich unbedingt zur Ruhe begeben; Sie können gar nichts mehr helfen; ich stehe Ihnen für Alles.

Damit verließ er mich; ich dachte natürlich nicht daran, zu Bett zu gehen; ich erwartete den Onkel, dessen Wagen dann auch alsbald in den Hof rollte. – Nun, habe ich's nicht gesagt, rief er noch im Hereintreten, das Bauernvolk, ja das Bauernvolk! mit dem lasse man sich nur ein, und man wird bald erfahren, daß zwei mal zwei nicht vier, sondern fünf oder, der Himmel mag wissen, was ist. Wo steckt denn der Hallunke? Und in tausend Stücke hat er das arme Mädchen zerschnitten?

Ich erzählte dem alten Herrn, den der verwirrte Bericht, welchen er von meinem Boten empfangen, denn doch etwas aus seiner gewöhnlichen satirischen Stimmung aufgeschreckt hatte, wie die Sachen liegen. Er ließ mich kaum zu Ende reden. – Da siehst Du's, rief er; schneidet dem Mädchen die Ohren ab, oder halb ab, was weiß ich! Welcher vernünftige Mensch würde wohl je auf einen so verrückten Gedanken kommen! aber – unterbrach er sich, indem er dabei den Finger an die große Habichtsnase legte – so dumm ist der Einfall nicht, ja, wenn man's recht überlegt, eigentlich sehr pfiffig, sehr gescheidt. Das Mädchen hat nicht hören wollen, nun, denkt er, dann soll sie fühlen. Sie hat sich immer wunder wie viel auf ihr hübsches Mäskchen eingebildet, sie hat es überall zu Markte getragen, das soll sie nun wohl bleiben lassen, und kann heilfroh sein, wenn ich sie hinterher noch nehme. Nun, nun, ich weiß, was Du sagen willst. Wir sind aufgeregt, wir sind empört, wir sind moralisch und ästhetisch beleidigt, wir glauben uns in die dunkelsten Zeiten des Mittelalters zurückversetzt; und darüber vergessen wir das Nothwendigste, das heißt, den Verbrecher zur gerechten Strafe zu ziehen, und vor Allem erst einmal dingfest zu machen, denn darin sind wir doch immer noch wie die alten, ehrlichen Spießbürger von Nürnberg, und hängen Keinen, bevor wir ihn haben.

Hatten mir die leichtfertigen Worte des alten Herrn wirklich wehe gethan, so war ich jetzt, als er alles Ernstes entschlossen schien, Konrad womöglich zur Haft zu bringen, heftig erschrocken. In diesem Augenblicke fühlte ich wieder lebhaft, wie hoch der Mann in meiner Achtung gestanden hatte; der Gedanke, ihn als Verbrecher vor mir, ihn den Gerichten ausgeliefert zu sehen, machte mein Herz klopfen. Ich legte dem Onkel, der zur Thür hinaus wollte, die Hand auf den Arm: er ist immer sehr gut gegen die Kinder gewesen, sagte ich; er hat an meines Gatten Sterbebett mit mir gestanden – Und schneidet jetzt einem armen Mädchen, die das Unglück hat, einen Anderen liebenswürdiger zu finden, die Ohren ab und wird ihr das nächste Mal den Kopf abschneiden! – Nein, nein! fuhr der alte Herr fort, nur keine Sentimentalitäten diesen Leuten gegenüber! Das fehlte noch, daß wir einen so desperaten Menschen auf freien Füßen ließen, da muß ein Exempel statuirt werden, sonst wäre bald Niemand mehr seines Lebens sicher.

Damit eilte er hinaus. Ich bekenne, daß ich da in heiße Thränen ausbrach und die folgende Stunde in einer fieberhaften Unruhe verbrachte. Endlich kam der Onkel mit den Leuten zurück. Sie hatten das Vorwerk abgesucht und wohl das Pferd, das Konrad auf dem Wege nach dem Doctor geritten, im Stalle vorgefunden, aber weder dort, noch im Hause, noch irgendwo sonst den Reiter. Ein Knecht hatte ausgesagt, er habe gesehen, daß Konrad das Thier gesattelt, und daß, als er nach anderthalb Stunden wiedergekommen, es selbst in den Stall gezogen und abgerieben habe. Dann sei er in's Haus gegangen und nach einigen Minuten wieder in den Stall gekommen, habe, wie er es immer zu thun gepflegt, die Runde gemacht, ihm (dem Knecht) aufgetragen, heute Nacht besonders sorgsam zu sein, da er selbst noch einmal fort müsse. Darauf sei er in der That fortgegangen, und, was den Knecht sehr gewundert, querfeldein in der Richtung nach dem Walde.

Da wollen wir morgen weiter suchen, sagte der Onkel, und nun bitte ich dringend um mein Bett.

Er ging zur Ruhe, und auch der Doctor legte sich schlafen, nachdem er mich noch einmal versichert, daß es mit Bertha schlechterdings keine Gefahr habe. Gott sei Dank! sagte ich, und bei mir selbst sprach ich: Und Gott sei Dank, daß sie ihn nicht gefunden haben!

Das Gerücht von Konrad's Attentat hatte sich mit Blitzesschnelle über die Nachbarschaft verbreitet und natürlich in jedem neuen Dorfe eine tollere Gestalt angenommen. Die ganze Gegend war in Aufruhr, die Behörden mischten sich hinein; ich sehnte mich fast nach der eigenen Gerichtsbarkeit zurück, die uns das Jahr vorher abgenommen war. Die Landschaft wurde in allen Richtungen durchstreift, den Verbrecher aufzusuchen; man zog mit Flinten und Hunden in die Wälder, man geberdete sich so albern wie möglich, und erhielt mich dadurch fortwährend in der größten Aufregung.

Kaum weniger peinlich waren für mich die Disputationen des Onkels, der an die Stelle meines weggelaufenen Verwalters getreten war, wie er es ausdrückte, und des Doctors, der alle Tage aus der Stadt kam. Sie stritten sich über Konrad's That, welche Jener in seiner skeptischen Weise psychologisch, und Dieser, ein harter Materialist, physiologisch zu erklären sich bemühte. Der Streit verlief sich oft auf so abstruse Gebiete und wurde meistens so heftig, daß ich froh war, das Zimmer verlassen und nach unserer Patientin sehen zu können.

Die Prognose des Doctors hatte sich als richtig bewährt, das Fieber hatte schon am folgenden Morgen nachgelassen, von einer Gefahr war nicht mehr die Rede. Dafür schien der Seelenzustand des armen Mädchens desto trostloser. Und wie konnte das anders sein! Der eine Liebhaber hatte sich als Barbar, der andere als elender Feigling ausgewiesen, und sie wußte am besten, wer an dem ganzen Unglück schuld war! Dazu die Scham, vor mir nun endlich einmal in ihrer wahren Gestalt zu erscheinen, die Gewißheit, der Gegenstand des Gespräches, vielleicht des Gespöttes für die ganze Nachbarschaft zu sein, zuletzt, und am meisten, die unwiederbringliche Einbuße, die ihre Schönheit erlitten, – ihre vielgepriesene Schönheit, auf die sie so unsäglich stolz gewesen – wahrlich, das waren Leiden, welche empfindlicher sein mußten, als die Schmerzen, die ihr ihre Wunden verursachten. Ich fand es nur zu begreiflich, daß ich sie, so oft ich kam, in Thränen fand, daß sie fast gar nicht sprach, und Niemandem, am wenigsten mir, in's Gesicht zu sehen wagte. Ich ließ sie ruhig gewähren; ein solcher Zustand will eben durchgelitten sein, und was hätte ich ihr auch zum Trost sagen, womit sie freundlich unterhalten können? Etwa von dem Manne sprechen, den sie durch ihr coquettes Augenspiel aus seiner scheuen Zurückhaltung herausgelockt, um ihn hernach durch ihre Treulosigkeit zur Verzweiflung zu treiben, und auf den man jetzt Jagd machte, wie auf ein wildes Thier? oder von dem Andern, der ihr allerdings auf dem halben Wege entgegengekommen sein mochte, der der Leichtsinnigen, Leichtgläubigen die herrlichsten spanischen Schlösser versprochen hatte, und von dem ich jetzt einen Brief erhielt, worin er mich um die Auslieferung seiner Sachen ersuchte (die bereits längst gepackt in seinem Zimmer standen) und sich außerdem in der frivolsten Weise über ein »gewisses Verhältniß« aussprach, »in das er sich freilich, als Cavalier, niemals hätte einlassen sollen«, und von dem er bedauere, daß es für das Mädchen »so unangenehme Consequenzen« gehabt habe.

Sie that mir wahrlich von Herzen leid, dennoch konnte ich nicht anders, als in dem, was sie betroffen, den Finger einer Nemesis erkennen, die hart, aber nicht ganz ungerecht gestraft hatte. Und wiederum, während alle Welt über Konrad's That Zeter schrie und ihn selbst als einen Auswurf der menschlichen Gesellschaft betrachtete, sprach für ihn in meinem Herzen immer vernehmlicher eine Stimme, die ich nicht zum Schweigen zu bringen vermochte und bald nicht mehr zum Schweigen bringen wollte. Erbarmen zu üben, ist ja das schöne Vorrecht von uns Frauen, und obgleich mir natürlich die That selbst noch gleich verabscheuungswerth erschien, so regte sich doch immer stärker das Mitleid mit dem Thäter, der, wenn ich mich nicht gänzlich in ihm getäuscht hatte, zur Zeit sich mindestens ebenso unglücklich fühlte, wie sein Opfer, und vielleicht in demselben Maße unglücklicher, als er eine weitaus tiefere und, wenn Sie wollen, bedeutendere Natur war, bei der die Reue, wenn sie zum Durchbruch kam, nicht weniger fürchterlich sein mußte, als die Leidenschaft, die ihn zur That trieb.

Mit diesem Gedanken trug ich mich, als ich – ich glaube, es war am achten Tage nach der Katastrophe – von meinem Onkel, den die Geschäfte wieder auf sein Gut gerufen hatten, zurückkehrte. Ich hatte den Wagen verlassen, um, da der Abend sehr schön war, den kürzeren Richtweg durch den Wald zu Fuß zurückzulegen. Im Walde war mir wieder eines jener abscheulichen Streifcorps, die mit gespannten Gewehren und langen Stangen auf den Unglücklichen Jagd machten, begegnet. Diesmal hatte sich der Dorfschulze in Person an die Spitze gesetzt. Ein kleiner Bube wollte den Verbrecher am Rande des Waldes gesehen haben. Der Schulze machte mir die unterthänigsten Vorwürfe über meine Tollkühnheit, so allein durch ein Revier zu gehen, wo hinter jedem Baume der Mörder lauern könne. Er wollte mir durchaus mit seiner Mannschaft das Geleit geben und schien sehr verletzt, als ich ihn ersuchte, sich durch mich nicht aufhalten zu lassen.

Der Haufe zog weiter; ich setzte langsam meinen Weg fort, als plötzlich, wie ich eben einen Hohlweg passiert bin, der ziemlich steil aufwärts führt, Konrad vor mir steht. Mein Schrecken war groß; ich konnte einen leisen Schrei nicht unterdrücken. – Fürchten Sie sich nicht, sagte er, indem er einen Schritt zurücktrat. Ich deutete nach der Richtung, in welcher der Haufe gezogen, dessen verworrene Stimmen noch zu uns hinausdrangen. Er begriff sogleich, was ich wollte, denn er warf einen finstern Blick nach jener Seite und sagte: Wenn Sie sich nur nicht vor mir fürchten! – Das thue ich nicht, erwiederte ich. Sie sehen es; aber ich möchte nicht gern, daß man Sie in's Gefängniß würfe, um meiner Kinder willen nicht. – Ja, ja! sagte er.

Er wischte sich mit dem Rücken der Hand über die Augen. Ich sah ihn jetzt erst genauer an. Er war sehr bleich und abgemagert; der starke Bart, den er immer trug, hing ihm in Zotteln um das verwüstete Gesicht; sein dicker Flausrock und die hohen Stiefel zeigten die Spuren von Nächten, die im Walde oder in einsamen Hürden zugebracht sein mochten. Es war wieder der Konrad, der vor drei Jahren auf unserer Schwelle erschienen war und um ein Stück Brod gebeten hatte, das ihn vor dem Verhungern schützen sollte. – Armer, armer Mann! sagte ich unwillkürlich.

Der mitleidige Ton, in dem ich die Worte gesprochen, mußte ihm in die tiefste Seele gedrungen sein. Ein Stöhnen, das mir durch's Herz schnitt, drang aus seiner breiten Brust, die sich krampfhaft hob und senkte; im nächsten Augenblick lag er vor mir auf den Knieen und küßte den Saum meines Kleides zu wiederholten Malen; dann sprang er auf und war alsbald in dem dichten Gehölz, aus dem er herausgetreten war, verschwunden. Ein paar Mal hörte ich die Zweige knacken, gerade wie wenn ein Hirsch in der Flucht durch die Büsche bricht, und nun war Alles still. Ich hätte glauben können, meine aufgeregte Phantasie habe mir die Scene, die ich soeben erlebt, vorgespiegelt.

Die sonderbare Begegnung gab mir viel zu denken; aber ich hütete mich wohl, gegen irgendwen davon zu sprechen. Daß Konrad sich nur so lange in der Gegend aufgehalten und allen Verfolgern getrotzt hatte, um mich noch einmal zu sehen, um mir in seiner Weise zu sagen, wie tief er seine Unthat bereue, war offenbar. Ich hielt mich überzeugt, daß er nun das gefährliche Terrain verlassen habe, und der Erfolg schien mir Recht zu geben. Wenigstens fand man in den folgenden Wochen auch nicht die leiseste Spur von ihm; der Eifer seiner Verfolger erlahmte, man begann bereits gelegentlich von etwas Anderem zu reden.

Unterdessen war auch in der Wirtschaft nach und nach die Ordnung zurückgekehrt. Ein neuer Verwalter war engagirt worden, ein einfacher, bescheidener Mann, der emsig seiner Pflicht oblag und seiner Aufgabe gewachsen schien. Das Vorwerk wurde von hier aus verwaltet, was jetzt nicht mehr so schwierig war, da der Onkel die Güte gehabt hatte, das kostspielige und lästige Gestüt zu übernehmen und auf sein Gut zu überführen. Er kam zuweilen herüber, mir mit Rath und That beizuspringen; ich selbst war viel draußen auf dem Felde, bald im Wagen, bald zu Pferde, und sah nach dem Rechten, oder gab mir wenigstens davon den Anschein, was manchmal auf dasselbe hinauskommt.

Bertha hütete schon längst nicht mehr das Bett; die Wunden waren abgeheilt, aber um ihren Gemüthszustand sah es desto trauriger aus. Noch immer, so oft ich unerwartet zu ihr kam, fand ich sie in Thränen; das Mädchen, welches bei ihr schlief, sagte, daß sie halbe Nächte lang in ihrem Bette sitze und weine. Keine Bitten konnten sie vermögen, das Zimmer zu verlassen, und wenn ich mich über ihr Gebahren zornig stellte, sah sie mich so kläglich an, daß ich sie, wiewohl ungern, gewähren ließ. Ein verwundetes Rebhuhn kann sich nicht ängstlicher in die Ackerfurche drücken, als sich das arme Mädchen den Blicken Aller verbarg; und wenn man dann sich erinnerte, wie sie früher gewesen war: wie keck und zuversichtlich, wie lachlustig und übermüthig, konnten Einem wohl selbst die Thränen in die Augen kommen.

Sie werden es verzeihlich finden, daß ich in solcher Lage auf das Gemüth eines Mädchens, welches bis dahin so ganz in Leichtsinn und Eitelkeit aufgegangen war, mit kleinen und kleinlichen Mitteln zu wirken suchte, ihr zum Beispiel gelegentlich etwas Schmeichelhaftes über ihr gutes Aussehen sagte: daß ihre Augen schöner seien, als je, und daß ihre schlanke Gestalt mir noch zierlicher erscheine. Eines Tages ordnete ich ihr selbst das reiche Haar und arrangirte ihr ein schwarzes Flortuch, welches ich ihr um den Kopf band, so, daß auch nicht die mindeste Spur der grausamen Verstümmelung zu bemerken war. Sie sah in der That ganz reizend aus; ich führte sie mit sanfter Gewalt vor einen Spiegel und fragte sie freundlich, ob sie auch so nicht glaube, sich vor den Leuten sehen lassen zu können? Wie erstaunt war ich, als sie, die noch eben bei meinem sanften Zuspruch gelächelt hatte, jetzt in heftige Thränen ausbrach, mit leidenschaftlicher Dankbarkeit meine Hände küßte und schluchzend versicherte: sie könne nie wieder glücklich werden, und wenn auch kein Mensch wüßte oder je erführe, was mit ihr geschehen sei.

Gieb Acht, sagte der Onkel, dem ich diese Scene mittheilte: es kommt, wie ich gesagt! Sie hat nicht hören wollen, nun hat sie gefühlt. Solche Leute sind wie die Kinder. Ein Kind, das man gezüchtigt hat, ist nicht beleidigt, sondern einfach erschrocken, gedemüthigt, zur Raison gebracht. Das ist ihr Fall. Nächstens wird sie Dir erklären, sie könne nur den Einen lieben, der ihr die Ohren abgeschnitten, oder höchstens den Anderen, dem sie zutraue, daß er ihr im betreffenden Falle auch die Nase abschneiden würde.

Es schien, daß der alte Herr, der stets geneigt war, die ganze Welt für unvernünftig zu erklären, in diesem Falle einmal wieder Recht haben sollte.

Meine Bemühungen hatten wenigstens den Erfolg gehabt, daß Bertha jetzt anfing, sich im Hause mit einiger Freiheit zu bewegen. Eines Tages fand ich sie in einem Raume, der zur Aufbewahrung von allerlei Sachen diente, und wohin auch die wenigen, welche Konrad's Eigenthum gewesen und die er auf seiner Flucht sämmtlich zurückgelassen, gebracht waren. Ich sah, wie sie davor stand, in der Haltung Jemandes, der vor einem geliebten Grabe weint und betet. Da sie mich nicht bemerkt hatte, zog ich mich leise wieder zurück, nicht wenig erstaunt über das, was ich gesehen, und eigentlich außer Stande, es mir zu erklären, wenn ich mich nicht zu der Ansicht des Onkels bekennen wollte: »Diese Menschen seien aus Widersprüchen zusammengesetzt.«

Nicht lange darauf ereignete sich ein Vorfall, der mir gewissermaßen ein Schlüssel zu Konrad's räthselhafter That wurde. Die alte Anne-Kathrin hatte sich in ihrem Hexenhochmuth hier und da gerühmt, daß sie es der Bertha »eingebrockt« habe und daß Andere sich vor ihr hüten möchten, wenn sie nicht wollten, daß sie ihnen ebenso mitspiele. Man hatte Notiz von diesen Reden genommen, ein besonders Kühner hatte die Alte denuncirt, und unser Freund, der Justizrath, der als Untersuchungsrichter in dem Falle fungirte, das dumme, böse Weib wirklich zu einem Geständniß vermocht. Mir war es damals eine förmliche Beruhigung, zu wissen, daß jenes Teuflische in Konrad's That nicht aus ihm selbst stammte, daß es ihm in schlimmer Stunde von einem Satan in Menschengestalt gelehrt war, obgleich ich jetzt etwas anders darüber denke. Ich meine nämlich, daß die Einflüsterung der Alten in diesem Falle nur war, was die Aerzte in der Pathologie, glaube ich, eine Gelegenheitsursache nennen, und Konrad's That mit ihrer ganzen Schwere auf ihn und ihn allein zurückfällt. Damals aber, wie gesagt, war ich anderen Sinnes und hielt es für meine Pflicht, die Entdeckung Bertha mitzutheilen. Sie sah mich mit großen, starren Augen an, die sich während meiner Erzählung mehr als einmal mit Thränen füllten. Als ich zu Ende war, drückte sie ihr Gesicht in die Hände und schluchzte: Gott sei gelobt: ich wußte ja, daß er nicht so schlecht war!

Von diesem Tage wurde ihr Blick freier, ihre Haltung straffer; ihr Auge bekam wieder etwas von dem alten Glanz, wenn es auch nicht mehr so übermüthig wie früher lachte, auch dann nicht, als einige Wochen später Jemand, den sie sonst, ohne zu lachen, kaum ansehen konnte, ihr einstiger Clavierlehrer, unser Pfarradjunct, nun schon seit lange wohlbestallter Pastor, auf den Hof kam, mit breitkrämpigem Hut, den Wanderstab in der Hand, wie es sich für den Nachfolger der Apostel ziemte.

Ich war über diesen Besuch einigermaßen erstaunt; der junge Pfarrer hatte, seitdem er sich vor vier Jahren so tapfer aus den Schlingen zog, die ihm Satan gelegt, nie wieder bei uns sehen lassen und auch sonst jede Begegnung sorgfältig vermieden. Uebrigens hatte er sich nicht eben verändert; er war vielleicht nicht mehr ganz so mager und verblaßt, aber seine Schüchternheit und Unbeholfenheit hatte er auf seiner einsamen Landpfarre bestens conservirt. Jetzt saß er mir auf der Kante des Stuhls, ganz wie in alter Weise, gegenüber, drehte, ganz wie in alter Weise, den unglücklichen breitkrämpigen Hut über den zusammengepreßten spitzen Knieen und starrte mich, den blassen Mund halb geöffnet, durch die runden Brillengläser an, es mir überlassend, wie ich es für schicklich erachten würde, die Unterredung, die er nachgesucht, zu beginnen.

Natürlich that ich meine gesellschaftliche Schuldigkeit und unterhielt, so gut ich konnte, meinen verstäubten Gast, der gelegentlich Ja und Nein, Nein und Ja, wie es paßte, oder auch nicht paßte, dazwischen warf, bis ich endlich, von all den vergeblichen Versuchen erschöpft, mir die Bemerkung erlaubte, es komme mir vor, als ob er irgend etwas auf dem Herzen habe, und es sei vielleicht am Besten, wenn er mir ohne Weiteres den Gegenstand seiner Praeoccupation mittheile. Hier fing der Hut an, sich in einer beängstigend schnellen Weise zu drehen, die großen Füße scharrten hin und her, der kurzgeschorene Kopf begann sich auf und nieder zu bewegen, als wolle er sich im nächsten Augenblick von dem weißen Halstuch ablösen, der große Mund schnappte ein paar Mal nach Athem, und dies war es nun. Er kam, um Bertha zu seinem christlichen Eheweibe zu begehren, mit einem Herzen, aus dem, wie er hoffe, eine vierjahrelange Reue und Buße den letzten Rest irdischer Hoffarth und Eitelkeit getilgt habe. Nun aber, fuhr er fort, und er faltete dabei fromm seine Hände, hat mir der Himmel selbst ein Zeichen gegeben, daß meine Prüfungszeit zu Ende ist. Was mich damals zu der Jungfrau lockte: ihre sündige Schönheit – das ist dahin. Der Himmel, dessen Wege unerforschlich sind, hat sich eines schrecklichen Werkzeugs bedient, um aus dem Wege zu räumen, was uns trennte. Die Hartgeprüfte darf des Hartgeprüften Ehegemahl werden; was sie in den Augen der Andern abscheulich macht, das macht sie mir lieblich; und auch hier wird es heißen, daß der Stein, den die Andern verworfen haben, der Eckstein unseres zeitlichen Glückes und, hoffen wir in Demuth, unserer ewigen Seligkeit geworden ist.

Ich hatte, während der wunderliche Mensch so sprach, durch die Fenster des Gartenzimmers, in dem wir saßen, Bertha in einiger Entfernung zwischen den Beeten gehen sehen. Jetzt wandte sie sich gerade um und kam auf das Haus zugeschritten. Die Mittagssonne schien hell in ihr schönes, von dem dunkeln Flortuch, das sie jetzt beständig trug, herrlich eingerahmtes Gesicht. Ich nahm den Aufgeregten bei der Hand, führte ihn an das Fenster, deutete durch die hohen Blattgewächse nach der Gestalt im Garten und sagte: Glauben Sie wirklich, daß es keine Sünde sei, dieses Mädchen zu lieben?

Die Wirkung meiner einfachen Kriegslist war unbeschreiblich. Er wurde roth, er wurde blaß, er murmelte abgerissene Worte; ich glaube, er nahm, was er sah, für ein Blendwerk der Hölle, für eine neue Versuchung, die er mit kräftigen Gebeten zu beschwören suchte.

Da er wirklich ein guter Mensch war, so jammerte mich seiner, und in Anbetracht, daß er unter den Händen einer klugen Frau sich doch am Ende noch formiren könne, beschloß ich, die Angelegenheit, so lächerlich sie auch schien, ernsthaft zu nehmen. Ich versuchte also, ihm seinen frommen Schrecken auszureden, was wirklich – mir zum Beweise, daß er nicht ganz so albern war, wie er sich gab – einigermaßen gelang. Sein Heil bei Bertha selbst zu versuchen, wie ich ihm rieth, gestattete freilich seine Aengstlichkeit nicht. Ich entließ ihn mit dem Versprechen, Bertha zu sondiren und ihm schriftlich zu melden, ob er seine Bewerbung fortzusetzen oder aufzugeben habe.

Bertha that, was ich freilich erwartet hatte: sie wies den Antrag des Pastors entschieden, ja mit förmlichem Abscheu zurück. – Ich bin ja verlobt, gnädige Frau! sagte sie. – Wenn Du Dich so fühlst, erwiederte ich, bist Du es freilich, sonst nicht; ein Band, das so roh durchschnitten ist, hält nur noch, wenn man es geflissentlich zusammenknüpft; und vielleicht auch dann nicht mehr. Du kannst, was geschehen ist, nie vergessen oder vergeben. Du kannst Deine Hand nie vertrauensvoll in eine Hand legen, an der Dein Blut geklebt hat. Er hat kein Recht mehr an Dir, weder ein ganzes noch ein halbes. Und es scheint mir auch ganz unmöglich, daß er selbst es je wagen könnte, sich Dir wieder zu nähern. Sollte er es aber, so stehst Du unter meinem Schutz; ich werde Dich jetzt besser zu behüten wissen, als damals.

Ich hatte mit Willen so energisch gesprochen, weil ich zu bemerken geglaubt hatte, daß, was sie jetzt zu Konrad zog, viel weniger zu spät erwachte Liebe – die ich überdies unter solchen Umständen für unmöglich hielt – als vielmehr Furcht sei – Furcht vor dem dämonischen Menschen, der sie zu finden wissen würde, wenn sie je versuchen sollte, von ihrer Freiheit Gebrauch zu machen. – Bertha räumte das zum Theil ein. – Ja, ich fürchte mich vor ihm, sagte sie; ich weiß auch, daß Niemand mich vor ihm beschützen könnte – auch Sie nicht, gnädige Frau; er ist wie der Blitz. Ich weiß, daß er plötzlich dastehen würde, gleichviel wo: auf dem Felde, zwischen dem Korn, im Walde unter den Bäumen, im Garten, im Dorf, in der Kirche, hier im Zimmer, überall, und daß ich dann vor Schreck sterben würde, auch wenn er mich nicht tödtete. – Du bist ein Feigling, Mädchen! sagte ich. – Ach ja, erwiederte sie: und dann setzte sie leise hinzu: ich wollte nur, ich hätte es früher gewußt, dann wäre dies Alles nicht geschehen, und wir hätten glücklich sein können, anstatt daß ich uns nun Beide so unglücklich gemacht habe.

Schreibe dem Pfaffen ab und richte die Hochzeit für den Andern an, sagte der Onkel, als ich ihm diese Unterredung mittheilte.

Ein Vierteljahr war vergangen, Konrad war und blieb verschollen. Man nahm im Dorf an, daß er nach Amerika geflohen sei. Bertha schüttelte den Kopf; ich fand es ebenfalls unwahrscheinlich. Er hatte ein Verbrechen zu sühnen, und wie ich ihn kannte, mußte das da geschehen, wo es begangen war: auf heimischer Erde, an welche diese elementarische Natur auch ohne dies mit unzerreißbarer Kette gefesselt war. Er hatte mir einmal, als ich ihn fragte, warum er nicht in der Fremde sein Glück versucht habe, geantwortet: ich könnte ebenso gut in's Wasser gesprungen sein.

Da erhalte ich eines Tages einen Brief von meines Gatten Vetter Herbert, den jetzt als Regierungsrath ein etwas reactionärer Duft umgiebt, der aber damals – im Jahre neunundvierzig – als junger Auscultator für Freiheit und Recht eine Schwärmerei entwickelte, zu welcher die Furcht vor dem Examen, die plebejische Liebe zu einem hübschen Bürgermädchen, von welcher die Eltern nichts wissen, und sehr aristokratische Schulden, die sie nicht bezahlen wollten, nicht wenig beitragen mochten. Uebrigens hatte er sich, seine Verzweiflung an der bösen Welt auszutoben und nebenbei seine unnatürlichen Eltern um so empfindlicher zu bestrafen, ein würdiges Feld ausgesucht. Er diente seit dem Frühjahr in der schleswig-holsteinschen Armee. Sein Brief, der, wie immer, die vielaktige Tragikomödie seiner Schulden behandelte, in welcher er mir, ich weiß nicht welche Rolle zuertheilt hatte, war aus dem Lager vor Fridericia datirt. Der Schluß lautete ungefähr so: Uebrigens habe ich hier ein Individuum gefunden, das, nachdem es meinen Namen erfahren, sich bei meiner Escadron hat einstellen lassen und mir seitdem unschätzbare Dienste leistet. Neulich hat er mich bei einem Ausfall, den die Dänen machten und bei dem ich in wirkliche Gefahr gerieth, herausgehauen, daß die ganze Armee davon spricht. Ich habe ihn zum Sergeanten befördert, und er kommt fast nicht mehr von meiner Seite. Er ist der famoseste Reiter, den ich kenne, und dabei der wunderlichste Kerl von der Welt. Ich vermuthe manchmal, daß er seinen Vater erschlagen, oder sonst ein greuliches Verbrechen auf dem Gewissen hat. Zu einem Kameraden hat er einmal geäußert, er sei unserer Familie auf Tod und Leben verpflichtet; ich vermuthe, daß er einer der unzähligen Clienten Ihres verstorbenen Gatten gewesen ist. Er nennt sich Konrad, und Niemand weiß, wie er sonst heißt, oder woher er stammt. Können Sie mir über diesen seltsamen Vogel Auskunft geben?

Ich beantwortete diesen Brief sofort. Konrad's That erwähnte ich natürlich nicht. Ich sagte nur, daß der Mann bei uns gedient habe. Herbert könne sich in jeder Beziehung auf ihn verlassen; doch möge er vermeiden, den scheuen Menschen durch Fragen vollends einzuschüchtern, am besten werde er thun, sich nicht merken zu lassen, daß wir von seinem Aufenthalt unterrichtet seien. Jedenfalls aber bäte ich dringend, den Mann auf keinen Fall aus den Augen zu verlieren und mir von Zeit zu Zeit über ihn weitere Mittheilung zu machen.

Diese weitere Mittheilung ließ lange auf sich warten. Die Schlacht von Fridericia war geschlagen, der Waffenstillstand war proclamirt. Ich wußte, daß Herbert den Dienst und die Freiheitsschwärmerei quittirt hatte, als reuiger Sohn in die Arme seiner Eltern zurückgekehrt war und auf dem Parquett der Berliner Salons in Frack und weißen Glacés Buße that für seine schleswig-holsteinschen Extravaganzen. Was aber war aus Konrad geworden? Ich schrieb wieder und wieder an Herbert. Endlich kam eine Antwort. Er habe so lange gezögert, da er an mich nicht schreiben könne, ohne die peinlichste Episode seines Lebens zu berühren, an die er sich jetzt, selbst nach so langer Zeit – es waren kaum drei Monate seitdem vergangen! – nur ungern erinnern lasse. Auch hätte er mir am liebsten verschwiegen, was er nun freilich, da ich in ihn dringe, mir in Betreff meines Protégés mitzutheilen gezwungen sei. Der arme Mensch sei in der Nacht vom 5. auf den 6. Juli gefallen. Er selbst habe ihn mit gespaltenem Schädel vom Pferde sinken sehen, doch sei das Getümmel zu groß gewesen, und er wisse nicht, was aus dem Leichnam geworden. Vermutlich sei er in die Hände der Dänen gefallen.

Dieser Brief stimmte mich sehr ernst. Für den Mann selbst hätte ich mir kein besseres Ende denken können, als den Tod für eine große und gute allgemeine Sache, nachdem er in eigner Sache durch eine That des Wahnsinns seine Ehre so schlimm befleckt hatte. Ja, in diesem Sohne des Volkes, dem niedrig geborenen, unter Kümmernissen aller Art herangewachsenen, in jeder Weise mißhandelten und gehudelten, hatte ein tiefes, starkes Gefühl für Ehre und Recht gelebt, das sich wohl einmal von dem heißen Herzen verwirren lassen, aber niemals und durch nichts auf die Dauer unterdrückt werden konnte. Seine Rechnung war abgeschlossen, und, wenn es nach mir ging, so hatte er seine Schuld reichlich bezahlt. Aber das Mädchen, das er so heiß geliebt? Wie sollte ich ihr die schlimme Kunde mittheilen? In meiner Noth fiel mir ein, es sei trotzdem eine Möglichkeit, daß Konrad noch lebe und daß man die Pflicht habe, gründliche Nachforschungen anzustellen. Ich that es. Ein höherer Offizier in der schleswig-holsteinschen Armee, ein Jugendfreund meines Gatten, an den ich mich wandte, nahm sich der Sache mit der liebenswürdigsten Bereitwilligkeit an; aber er war nach einigen Wochen gezwungen, mir die Aussage des Vetters zu bestätigen. Leute, die er abgehört, Kameraden Konrad's, hatten ihn für todt auf dem Kampfplatze gelassen. Er sandte mir sogar die seitdem veröffentlichten Listen, in welchen ein Sergeant, genannt Konrad, Geburtsort unbekannt, als vor Fridericia gefallen aufgeführt war. Ich mußte mich entschließen, Bertha zu sagen, was sie doch einmal erfahren mußte.

Daß sich ihr Herz vollständig gewandelt hatte, daß sie sich fortwährend mit dem Bilde des einst so arg Verschmähten innerlich beschäftigte, wußte ich, dennoch hatte ich nicht geglaubt, der Schlag könne sie so hart treffen. Sie war vollständig außer sich, ihr Jammer zerriß mein Herz. Sie klagte sich an, daß sie ihn in den Tod getrieben habe, daß sie seine Mörderin sei. Ich habe nie wieder einen so wilden Ausbruch der Verzweiflung gesehen, als bei diesem Mädchen, dem ich früher die Fähigkeit jeder tieferen Empfindung abgesprochen hatte. Sie lag auf der Erde, raufte sich das Haar, bat, daß man sie tödten möge; sie war wirklich einige Tage am Rande des Wahnsinns. Plötzlich – an einem Morgen – erschien sie vollständig gefaßt und erklärte, Konrad sei nicht todt. Er sei ihr in der Nacht erschienen, schwer verwundet, aber doch lebend, und wenn dies auch keine Erscheinung, sondern nur ein Traum gewesen sein sollte, so sei er doch auf keinen Fall gestorben. Es sei ja auch ganz unmöglich, daß er gestorben sei.

Ich ließ sie ruhig gewähren und hieß auch die Andern, nicht weiter in sie zu dringen; im Stillen verwundert über die dämonische Gewalt, mit welcher jener seltsame Mann die leichtbewegliche Seele dieses Mädchens, so oder so, in Furcht und Liebe, bis über das Grab hinaus an sich zu fesseln gewußt hatte. Der Onkel brummte: der Mensch sah immer aus wie ein Vampyr. Unser Einer glaubt nicht an Vampyre; die Leute aus dem Volke verstehen sich besser darauf.

Der Onkel mochte das leichtsinnige Wort auch gegen Andere ausgesprochen haben. In Kurzem galt es überall in der Runde für eine ausgemachte Thatsache, daß der Konrad Krüger, der im schleswig-holsteinischen Kriege getödtet sein solle, schon um deswegen gar nicht habe getödtet werden können, weil er überhaupt nie gelebt habe, sondern ein Golem gewesen sei, der sich von Zeit zu Zeit mit warmem Menschenblut auffrische. Die arme Bertha wisse davon ein Wort mitzusprechen; sie habe das Ungeheuer gezeichnet. Und wenn man sie eines Morgens todt im Bette finde, so werde man auch wohl, ohne lange zu suchen, wissen, wer ihr Blut und ihre Seele geholt habe.

Das ist schändliches, gotteslästerliches Geschwätz, sagte der neue Verwalter. Man muß dem armen Mädchen zeigen, daß nicht alle Menschen so unsinnig und schlecht sind; sie muß ja sonst in ihren jungen Jahren an der Welt verzweifeln.

Der brave Mann nahm sich die Sache der von den Leuten scheu Gemiedenen sehr zu Herzen. Er trug sich einige Wochen mit den verschiedensten Mitteln, dem Mädchen Ehre und Reputation, wie er sich ausdrückte, wieder zu verschaffen. Endlich glaubte er das einfachste aufgefunden zu haben, und ging hin und fragte, ob sie sein Weib werden wolle? Herr Müller war ein stattlicher Mann, etwas hölzern und plump, aber durchaus brav und nicht ohne Vermögen. Die Partie war in jeder Beziehung annehmbar, und wer sich so, wie er, über das Vorurtheil der Menge wegsetzen konnte, bewies schon dadurch allein, daß er Herz und Kopf auf dem rechten Flecke hatte. Bertha erkannte das Alles auch vollständig an, wies aber den Antrag mit großer Entschiedenheit zurück. Und wenn Konrad todt wäre, sagte sie, ich würde keinen Andern heirathen; ich würde ja keine ruhige Minute haben.

Dabei blickte sie so seltsam und sprach so geheimnißvoll, als stände Jemand hinter ihr, der nicht hören dürfe, was sie sage, und vor dem sie doch keine Geheimnisse haben könne. Glaubte sie auch an die Vampyrsage? es blieb kaum eine andere Annahme übrig. So viel war sicher: für sie lebte Konrad; für sie handelte es sich nur darum: wann er zurückkäme. Unterdessen bereitete sie sich nach bestem Gewissen darauf vor, indem sie, eins nach dem andern, die hübschen Kleider bei Seite that, an welche sie nun schon so lange Jahre gewöhnt war, und sich dafür solche vom einfachsten Schnitt und Stoff zurecht machte. Auch das schwarze Flortuch, das ich ihr selber arrangirt hatte, bat sie mich, mit einem aus Wolle vertauschen zu dürfen. So werde ich ihm besser gefallen, sagte sie; ich muß mich ja meines Putzes schämen, wenn ich seine Sachen ansehe.

Diese Sachen betrachtete sie als heilige Reliquien, sie säuberte und putzte beständig daran und ließ sie eines Tages in einen andern Raum bringen, da es in dem, wo sie bisher gelegen, zu feucht und zu kalt sei. Sie sprach es nicht aus, aber ich bin überzeugt, es war dabei ein Aberglaube im Spiel; vielleicht, daß es Konrad, wo er auch immer sei, weniger kalt habe, wenn seine zurückgebliebenen Kleider in einem warmen Zimmer aufbewahrt würden.

Armes Kind, dachte ich, Dein Bräutigam liegt da oben in der dänischen Erde, und die Erde ist nun hart gefroren und die Schneeflocken wirbeln darüber hin und hüllen ihn und Alle, die mit ihm gefallen, in ein spätes Leichentuch!

Und so trat ich an einem hellkalten Januarnachmittag vor die Hausthür, nach den Kindern zu sehen, die, in ihre Pelzchen gehüllt, seit einer Stunde auf dem Hofe spielten. Ich hatte im Zimmer ihren lauten Jubel gehört, und sie deshalb länger als sonst wohl draußen gelassen. Plötzlich waren sie still geworden; und das hatte mich aufgeschreckt.

Da standen sie in einiger Entfernung um einen Bettler, der eben auf den Hof gekommen sein mochte. Der Diener hatte die Kinder allein gelassen; der Mann sah nichts weniger als vertrauenerweckend aus, ich ging mit raschen Schritten auf die Gruppe zu, schon von ferne die Kinder bei Namen rufend. Sie kamen nicht, ich sah, daß Ada, die sonst die Schüchternheit selbst war, den fremden Mann bei der Hand festhielt und sich augenscheinlich Mühe gab, ihn nach dem Hause hin zu ziehen, während Emilie und Otto jetzt voraus sprangen: Mama! Mama! er ist wieder da; er will uns wieder ein Vogelbauerchen machen; er will mich wieder auf dem Pony reiten lassen!

War es möglich? war dieser Mann in dem schäbigen Soldatenmantel, dieser elende einarmige Krüppel, dem Krankheit und Hunger aus dem verwüsteten, fürchterlich entstellten Gesichte blickten, – war das wirklich Konrad?

Und wie ich noch, vor Schrecken wie festgebannt, dastehe, kommt eine Gestalt, die gleich nach mir aus der Hausthür getreten war, an mir vorüber und stürzt mit einem wilden Freudenschrei dem Krüppel an die Brust, der sie mit seinem einen Arm umfängt und sein bärtiges Haupt weinend auf ihre Schulter sinken läßt.

Meine Geschichte ist aus, denn, wenn ich Ihnen erzählen wollte, wie sich der kühne Mann aus der dänischen Gefangenschaft gerettet, wie er auf dem weiten Wege hierher mehr als einmal vor Krankheit und Schwäche liegen geblieben ist und zu sterben geglaubt und sich dann immer wieder aufgerafft und endlich bis zu uns geschleppt hat, um aus meinem, um aus Bertha's Munde zu hören, daß ihm die Blutschuld, die er in einer Stunde des Wahnsinns auf sich geladen, nun vergeben sei – wollte ich Ihnen das Alles erzählen, würde ich heute Abend nicht mehr zu Ende kommen. Im Dorf hat man dem Konrad seine That nicht vergessen, aber man findet es zweckmäßig, beide Augen zuzudrücken, denn er ist auf dem Bauernhof, den er sich im Anfang mit meinem Gelde gekauft, durch eisernen Fleiß, weise Sparsamkeit und sein großes ökonomisches Talent einer der wohlhabendsten Leute im Dorfe geworden, der eine bedeutende Ackerwirthschaft musterhaft verwaltet und an dessen Thür kein Nothleidender je vergebens pocht. Die Gerichte haben ihn unbehelligt gelassen; wo kein Kläger ist, ist eben auch kein Richter. Bertha hat am wenigsten Ursache, sich über ihn zu beklagen. Er liebt sie noch, nachdem ihnen sechs schöne Kinder erblüht sind, mit der ganzen Leidenschaft seiner starken, wilden Seele. Sie ist vollkommen glücklich, und wenn der Dämon der Eifersucht in ihm sich wieder einmal aufbäumt – was allerdings von Zeit zu Zeit noch geschieht – dann hebt sie die Arme gleichzeitig und führt die Hände in einer eigentümlichen, unendlich anmuthigen Weise nach den Seiten des Kopfes, so daß sie mit den Fingerspitzen das schwarze Tuch, das sie stets trägt, rechts und links berührt. Ich selbst habe die Geste einmal gesehen und die Wirkung beobachtet, die sie auf den Mann ausübt. Eine tiefe Gluth schoß in sein Gesicht; er beugte das Haupt und wollte sich entfernen, als seine Frau ihm nacheilte, ihn mit den Armen umschlang und mit einem herzlichen Kuß die so schnell herbeigeführte Versöhnung besiegelte. –

Die muntere Gesellschaft um den runden Tisch war, während die verehrte Frau also erzählte, stiller und stiller geworden. Einer nach dem Andern war aufgestanden und leise herangetreten, zuletzt hatten sich Alle, aufmerksam horchend, um sie gruppirt. Jetzt, als die Erzählerin schwieg, ging eine Bewegung durch die Gruppe; der lange Lieutenant von Prinzhelm seufzte tief und sagte. Auf Ehre, ein süßes Weib, ein famoses Weib, wenn sie auch jedesmal grausam stolz und spröde thut; aber der Mensch, der Konrad, ist, trotz Allem, was Sie ihm nachrühmen, ein sündhaft häßlicher und ganz desperater Kerl, und sein kleines reizendes Weib hat mir immer in der Seele leid gethan. Sie haben ihn viel zu milde behandelt, gnädige Frau; wahrhaftig, das haben Sie.

Das müssen Sie nun schon der Mama zu gute halten, sagte Otto lachend. Sie macht es mit allen Menschen gerade, wie sie es mit uns Kindern machte, wenn wir unartig waren. Erst wollte sie zornig sein und eine Strafpredigt halten, und dann besann sie sich und dachte: die armen Dinger! das will sich doch austoben! und gab uns einen Kuß und ließ uns wieder laufen.

Ja, ja, sagt Emilie; Mama ist eine unverbesserliche Idealistin.

Und sie hat auch diesmal, wie gewöhnlich, allzu rosa gemalt, meinte Ada.

Die Dame hatte, in ihren Fauteuil zurückgelehnt und, mit den guten, geistvollen Augen von Einem der Sprechenden zum Andern blickend, ruhig dagesessen. Jetzt wandte sie den Kopf ein wenig zu mir und sagte mit schalkhaftem Lächeln: Hören Sie wohl! das ist die Strafe für meine Vermessenheit! Ich habe Euch Poeten getadelt, daß Ihr die Wahrheit nicht sagen mögt; jetzt machen mir meine eigenen Kinder denselben Vorwurf. Nehmen Sie um Himmelswillen die Farben nicht noch heller, wenn Sie – und das können Sie ja doch nicht lassen – die Geschichte weiter erzählen.

Ich werde sie, mit Ihrer gütigen Erlaubnis, genau so weiter erzählen, wie ich sie von Ihnen gehört habe, sagte ich.

Ende.

Über tredition

Eigenes Buch veröffentlichen

tredition wurde 2006 in Hamburg gegründet und hat seither mehrere tausend Buchtitel veröffentlicht. Autoren veröffentlichen in wenigen leichten Schritten gedruckte Bücher, e-Books und audio-Books. tredition hat das Ziel, die beste und fairste Veröffentlichungsmöglichkeit für Autoren zu bieten.

tredition wurde mit der Erkenntnis gegründet, dass nur etwa jedes 200. bei Verlagen eingereichte Manuskript veröffentlicht wird. Dabei hat jedes Buch seinen Markt, also seine Leser. tredition sorgt dafür, dass für jedes Buch die Leserschaft auch erreicht wird.

Im einzigartigen Literatur-Netzwerk von tredition bieten zahlreiche Literatur-Partner (das sind Lektoren, Übersetzer, Hörbuchsprecher und Illustratoren) ihre Dienstleistung an, um Manuskripte zu verbessern oder die Vielfalt zu erhöhen. Autoren vereinbaren direkt mit den Literatur-Partnern die Konditionen ihrer Zusammenarbeit und partizipieren gemeinsam am Erfolg des Buches.

Das gesamte Verlagsprogramm von tredition ist bei allen stationären Buchhandlungen und Online-Buchhändlern wie z. B. Amazon erhältlich. e-Books stehen bei den führenden Online-Portalen (z. B. iBookstore von Apple oder Kindle von Amazon) zum Verkauf.

Einfach leicht ein Buch veröffentlichen: **www.tredition.de**

Eigene Buchreihe oder eigenen Verlag gründen

Seit 2009 bietet tredition sein Verlagskonzept auch als sogenanntes "White-Label" an. Das bedeutet, dass andere Unternehmen, Institutionen und Personen risikofrei und unkompliziert selbst zum Herausgeber von Büchern und Buchreihen unter eigener Marke werden können. tredition übernimmt dabei das komplette Herstellungs- und Distributionsrisiko.

Zahlreiche Zeitschriften-, Zeitungs- und Buchverlage, Universitäten, Forschungseinrichtungen u.v.m. nutzen diese Dienstleistung von tredition, um unter eigener Marke ohne Risiko Bücher zu verlegen.

Alle Informationen im Internet: **www.tredition.de/fuer-verlage**

tredition wurde mit mehreren Innovationspreisen ausgezeichnet, u. a. mit dem Webfuture Award und dem Innovationspreis der Buch Digitale.

tredition ist Mitglied im Börsenverein des Deutschen Buchhandels.

Dieses Werk elektronisch lesen

Dieses Werk ist Teil der Gutenberg-DE Edition DVD. Diese enthält das komplette Archiv des Projekt Gutenberg-DE. Die DVD ist im Internet erhältlich auf **http://gutenbergshop.abc.de**

Zeitfracht Medien GmbH
Ferdinand-Jühlke-Straße 7
99095 Erfurt, Deutschland
produktsicherheit@kolibri360.de